L'INCENDIE

DANIELA KRIEN

L'INCENDIE

roman

Traduit de l'allemand
par Dominique Autrand

ALBIN MICHEL

« Les Grandes Traductions »

Ouvrage publié sous la direction
de Dominique Autrand

Édition originale parue en Suisse sous le titre :
DER BRAND

« La contradiction est un moment fondateur de l'existence humaine. »

Ernst Cassirer

Rahel Wunderlich marche d'un bon pas dans la Pulsnitzer Strasse en direction de la Martin-Luther-Platz un vendredi d'août. Tout le long du trajet elle se sent légère, presque insouciante, et dépasse allègrement la plupart des passants.

Elle a liquidé la paperasse à son cabinet, arrosé les plantes et noté ses instructions pour la femme de ménage. Dans sa librairie habituelle elle a acheté un livre qui lui a été recommandé et un autre d'Elisabeth Strout qui figurait depuis longtemps sur sa liste – une histoire mère-fille encensée par la critique.

Peter devrait être à la maison dans une bonne heure. Il lui a écrit d'un domaine viticole près de Radebeul, envoyé des photos de différents pinots gris et blancs et demandé si elle était d'accord avec ce choix. Elle a eu envie d'ajouter un scheurebe et a reçu en réponse un bref « Ok ».

Dans le hall elle vide la boîte aux lettres et parcourt le courrier : de la publicité pour un nouveau livreur de pizza, la facture de l'artisan qui a récemment repeint la cuisine, une lettre officielle de la ville lui notifiant sa contravention pour avoir été flashée quelques semaines plus tôt. Quatre-vingt-dix euros plus vingt-cinq euros de taxes, et un point de moins sur son permis. Ç'aurait pu être pire, elle avait tout de même grillé un feu.

Rahel monte l'escalier jusqu'au deuxième étage du vieil immeuble et pose le courrier sur la commode du couloir. Elle est en train de se déchausser quand le téléphone sonne dans sa chambre. Elle hésite un instant. Il faut qu'elle aille aux toilettes mais elle croit discerner dans la sonnerie une urgence qui ne souffre aucun délai.

Le coup de fil l'oblige à s'asseoir.

L'homme au bout du fil annonce d'une voix cassée que la maison de vacances qu'elle a réservée des mois plus tôt a brûlé. Cette maison à la montagne qui appartenait à la famille depuis près d'un siècle est détruite à jamais.

Rahel n'éprouve aucune compassion. Tandis que l'homme poursuit, l'informe des modalités de remboursement de l'acompte et lui propose un autre hébergement, elle ne pense pas une seconde à la perte subie par le propriétaire, mais uniquement à Peter, à son regard quand elle va lui raconter.

« Alors vous prenez la maison de vacances dans le village ? » demande l'homme, sur un ton tout à fait professionnel cette fois.

« Non, dit Rahel. Remboursez-nous, s'il vous plaît. »

Elle avait cherché près de deux mois un gîte comme celui-ci. Au tout début de l'année, dès les premières mentions du virus, ils s'étaient mis d'accord pour ne pas partir à l'étranger cet été.

C'était exactement ce qu'ils cherchaient : un chalet en Haute-Bavière, dans les Alpes d'Ammergau, sur une colline herbeuse à l'écart de tout, avec un puits, une pompe et un bassin de pierre devant, accessible uniquement par un chemin cahoteux serpentant à travers la forêt. Pas d'internet, pas de télévision, aucune distraction.

Depuis des semaines Peter étudie les cartes et élabore des itinéraires de randonnée. Il s'est acheté des chaussures de trekking hors de prix, un sac à dos pour les excursions d'une journée, des tee-shirts et des pantalons dans une matière imperméable et facile à sécher, un excellent blouson d'une marque suisse et des chaussettes spéciales favorisant la stabilité du pied. Rahel aussi s'est équipée à grands frais et a fait du sport presque tous les jours pour se préparer aux randonnées.

Le départ était prévu dans trois jours. Impossible de trouver à la va-vite un endroit comparable, pas cette année, pas dans la conjoncture actuelle. Sans grand espoir elle entre ses vœux sur un site de maisons de vacances. Chou blanc. Elle essaie sur un autre site – avec le même résultat.

Elle affiche la page du chalet de montagne. Clique

de photo en photo, passe des jardinières de géraniums sur le balcon à la petite véranda avec vue sur le massif montagneux en face, et revient sur la maison, vue sous un angle différent cette fois. Puis sur le bassin de pierre, la prairie avec ses fleurs sauvages multicolores, et soudain elle croit voir le feu embraser la montagne. Elle voit les animaux qui fuient, une colonne de fumée qui s'élève dans le ciel étoilé, et Peter et elle au beau milieu – comme sur un bûcher.

Si tout cela était arrivé dix ans plus tôt, ils auraient secoué la tête en chœur. « Qui sait si ce n'est pas un mal pour un bien… », aurait sans doute dit Peter et il l'aurait réconfortée. Mais il a perdu son flegme. À présent son humour subtil bascule plus souvent vers le cynisme et leurs dialogues animés ont cédé la place à une amabilité courtoise. Sans compter – et c'est le plus grave – qu'il a cessé de coucher avec elle.

Une demi-heure s'est écoulée depuis le coup de téléphone. Rahel est à la fenêtre de sa chambre, elle se balance pieds nus sur la base des orteils. Ses cheveux noirs striés de gris sont coiffés en chignon. La vie au-dehors, les voix des adolescents qui se sont donné rendez-vous sur les bancs devant l'église lui parviennent comme de très loin. La déception l'a anéantie.

Quand le téléphone sonne à nouveau, elle ne bouge pas. Elle attend les yeux fermés qu'il s'arrête.

Mais il ne s'arrête pas.

Elle jette un coup d'œil sur l'écran : c'est Ruth. Rahel redresse d'instinct les épaules, s'éclaircit la voix, vérifie l'expression de son visage dans le miroir à côté du bureau et décroche.

Dès les premiers mots elle entend le changement dans la voix de Ruth – elle a perdu son assurance abrupte. Pourtant elle va droit au but : Viktor a eu un accident vasculaire cérébral il y a quelques jours. Ç'a été très compliqué, c'est pourquoi elle ne se manifeste que maintenant. Il est depuis aujourd'hui et pour six semaines dans un centre de rééducation à Ahrenshoop. Une place s'est libérée de façon inespérée. Elle veut être auprès de lui et a déjà trouvé un hébergement chez leur amie commune Frauke, une peintre qui vit à Ahrenshoop. Maintenant elle cherche quelqu'un pour s'occuper de la maison et des animaux à Dorotheenfelde. Demander n'est pas son genre, mais…

Elle s'interrompt, reprend : Rahel et Peter pourraient-ils s'en charger les deux premières semaines. Viktor et elle leur en seraient extrêmement reconnaissants.

Rahel a failli dire *Non. Non, c'est malheureusement impossible. Nous partons à la montagne.* Mais elle se rappelle l'incendie, et répond : « Oui, bien sûr, nous le ferons volontiers. Et nous resterons trois semaines si tu veux. »

*

Peter se tait. Il secoue la tête, lève les mains, désemparé.

« Ce n'est pas croyable ! soupire-t-il enfin. Quelle est la probabilité de louer la seule maison de vacances qui brûle juste avant qu'on arrive ? »

Il traverse la pièce tête basse et va dans sa chambre. C'était autrefois la chambre de Selma. Après son départ Simon l'a remplacée, et quand il a quitté le nid parental à son tour Peter a pris la suite. L'ancienne chambre de Simon fait office de chambre d'amis, l'ancien bureau de Peter est maintenant le domaine de Rahel. Ils ont procédé à cette nouvelle distribution de l'espace dès que Simon a été parti. Pendant un temps, ils ont cherché un logement plus petit, mais tous les appartements envisagés étaient plus chers pour une surface moindre et en même temps moins bien situés. Celui-ci est à la jonction des quartiers de Äussere Neustadt et de Radeberger Vorstadt et leur permet un accès aussi rapide aux prairies du bord de l'Elbe qu'à la forêt de Dresdner Heide ; ils n'ont pas voulu y renoncer.

Pour l'instant elle prend son souffle. Elle ne sait pas encore comment elle va lui dire qu'elle a accepté pour Dorotheenfelde. Elle s'approche de la fenêtre, se penche un peu au-dehors, regarde les passants dans la rue et entend soudain la voix de Peter derrière elle.

« Maintenant on fait quoi, hein ? » Il s'assied sur la chaise longue bleu nuit que Rahel s'est achetée il y a peu.

Elle tarde un peu à répondre, mais son pragmatisme prend le dessus.

« Nous allons à Dorotheeenfelde dans l'Uckermark, dès demain. »

Son sourire dérape, son regard ne soutient pas celui de Peter. Elle lui raconte l'appel téléphonique de Ruth en scrutant le vernis de ses ongles de pieds. Peter émet un petit bruit, comme s'il avalait de travers.

« Sans me demander mon avis… », dit-il et il se lève. « Voilà donc où nous en sommes. »

Rahel a les pieds collés au sol, impossible de détacher sa langue de son palais, et Peter quitte la pièce avec une mine de vaincu.

Rahel s'assied sur la chaise longue, à l'endroit exact où il était assis. Elle s'étire et pose un bras sur ses yeux. Elle entame une introspection et le regrette aussitôt.

Plus tard, tandis qu'elle sort des vêtements de l'armoire au hasard et les fourre dans la valise, elle pense à Ruth. Elle voit son visage comme s'il était devant elle. Avec les années de minuscules changements se sont introduits dans la symétrie de ses traits, pourtant Ruth ne se présente jamais sans un maquillage impeccable. Les mauvais jours en particulier, la perfection physique est son armure contre les pressions du monde. De tout temps cette attitude a semblé déteindre sur Rahel. Jamais de laisser aller en présence de Ruth, jamais de négligence dans sa manière de s'habiller ou de bouger. Ruth a assimilé cette discipline irrévocable pendant ses années à la Palucca-Schule. Enfants, Ruth et Edith, la mère de Rahel, avaient commencé à étudier la danse classique en même temps. Edith avait tout envoyé balader au bout de trois ans, Ruth avait continué. L'amitié des deux fillettes a tenu jusqu'à l'âge adulte.

La relation de Rahel avec Viktor et Ruth est sereine et aussi vieille qu'elle. Chez eux à Dorotheenfelde sa vie s'est apaisée. L'existence mouvementée d'Edith, qui avait offert à Rahel et à sa sœur Tamara une enfance avec un défilé de beaux-pères, pas mal de déménagements dans tous les coins de Dresde et des changements d'écoles, avait été comme une tempête en haute mer, et même si Dorotheenfelde n'était pas non plus devenu un havre durable, elles y avaient tout de même connu des accalmies salutaires.

Pendant les journées à Dorotheenfelde, Edith et Ruth étaient inséparables. Les deux amies entretenaient un lien étroit malgré leurs nombreuses différences, et quand le cancer a livré son troisième et dernier assaut dans le corps d'Edith il y a quelques années, Ruth est venue et restée. Jusqu'à la fin.

*

Ils font le trajet d'une seule traite. Le GPS leur annonçait trois heures et treize minutes ; Peter a trouvé que c'était une durée correcte.

En route elle appelle les enfants et met le haut-parleur. Selma a Max dans les bras, qui pleurniche. Ses chouinements couvrent la voix de sa mère.

« Je suis absolument navrée que vous soyez obligés de passer vos vacances ailleurs, maman ! crie-t-elle dans le téléphone, si j'arrive à avoir une minute à moi aujourd'hui vers minuit, je vous plaindrai. » Et elle raccroche.

Peter calme aussitôt le jeu. « Laisse-la ! Elle a deux jeunes enfants à gérer.

– Elle a un mari qui se ferait couper en rondelles pour elle.

– On dirait que tu es jalouse. »

Rahel décide de ne pas relever et compose le numéro de Simon.

« On parie qu'il ne répond pas ? » Peter a un sourire amusé. C'est le premier sourire depuis des jours, et même si le motif lui déplaît Rahel se sent le cœur plus léger. Au bout de treize sonneries elle raccroche.

« On se demande pourquoi il a un téléphone, peste Peter.

– Il doit être quelque part en montagne. »

Rahel hoche la tête et remet le téléphone dans son sac.

Peu après le panneau de sortie du village, ils tournent à droite dans un chemin. Le panneau voie sans issue est de travers et à moitié effacé. Viktor l'a embouti à plusieurs reprises avant de devoir rendre définitivement son permis de conduire. Ils avancent par à-coups sur le vieux chemin dallé au centre duquel l'herbe foisonne, puis les dalles s'arrêtent et ils roulent sur du gravier et du sable jusqu'en haut de la petite butte.

Ruth est dans l'allée. Grande, droite et vêtue d'une robe au décolleté profond qui souligne son impressionnante poitrine. Aucune trace des faiblesses de l'âge, bien qu'elle ait déjà près de soixante-dix ans. Rahel descend de voiture et marche à sa rencontre tandis que Peter entre dans la cour et se gare.

À la maison principale s'ajoutent les bâtiments d'élevage à gauche et une vaste grange à droite. Des réfugiés ont vécu ici après la fin de la guerre, plus tard la ferme a hébergé l'administration des LPG[1], et ensuite Viktor et Ruth ont vécu avec deux autres familles dans l'ancienne maison de l'administrateur – avec chauffage au bois et toilettes à l'extérieur. La première famille est partie au début des années soixante-dix, l'autre au début des années quatre-vingt.

Après la chute du Mur, Viktor et Ruth ont acheté la ferme, à moitié tombée en ruines entretemps, et ont passé de nombreuses années à la restaurer petit à petit. Aujourd'hui elle recommence à tomber en ruines.

---

1. LPG : *Landwirtschaftliche Produktion Genossenschaften* : exploitations agricoles de type collectif qui ont vu le jour dans les années cinquante en RDA. (*Les notes sont de la traductrice.*)

Ruth se dérobe à son embrassade. « Je suis trempée de sueur », dit-elle et elle court saluer Peter.

Sur la table du jardin sont posées une carafe d'eau, une assiette de gâteaux sous une cloche de protection et une thermos de café. Ruth fait le service et commence à parler de Viktor. Tandis qu'elle raconte, Rahel se demande si elle-même parlera un jour de Peter avec la même tendresse. Les paroles de Ruth reflètent un attachement profond, et Rahel sent le regard de Peter posé sur elle.

Après le café, ils vont chercher les bagages dans la voiture et montent l'escalier derrière Ruth. Au premier étage, elle désigne une pièce sur la droite à l'extrémité du couloir.

« C'est là que vous dormirez le mieux, dans la chambre au nord-est. Il y fait bien frais. Ou alors… », elle montre la direction opposée, « … vous prenez la chambre là-derrière. Au sud-ouest, de là on voit scintiller le lac à travers les arbres. Mais qu'est-ce que je raconte, vous connaissez très bien. »

Elle fait demi-tour et redescend l'escalier. Sans se regarder, ils se séparent – Peter va vers le nord-est, Rahel vers le sud-ouest. Ils ferment leurs portes sans bruit.

Plus tard, Ruth leur donne ses instructions. Rien que l'arrosage de toutes les plantes prend une bonne heure par jour, ils devront se servir dans les fûts qui recueillent l'eau de pluie tout autour de la maison.

L'atelier de Viktor est dans la partie antérieure de la grange, pourtant ils n'y entrent pas. Ces dernières années, raconte Ruth, il a travaillé sur des objets plus petits. Il a perdu de sa force physique, mais pas du tout son habileté manuelle ni son imagination.

Les animaux sont la partie la plus difficile. Ni Peter ni Rahel n'ont jamais eu affaire à des animaux. Le bien-être d'un cheval, de plusieurs chats, d'une douzaine de poules et d'une cigogne blanche aux ailes rognées dépend d'eux désormais.

Ils font le tour complet de la ferme. Une fenêtre de l'écurie doit rester ouverte en permanence pour que les hirondelles puissent entrer et sortir sans encombre. Dans le jardin aux poules derrière l'écurie, les pommiers sont chargés de fruits. La clôture grillagée est rafistolée çà et là de manière provisoire. Dans tous les coins de la ferme il y aurait de quoi faire. Les nombreux rosiers contre le mur de la grange dans la cour intérieure n'ont pas été taillés depuis longtemps, la vigne grimpante sous l'auvent de l'écurie est flétrie, au cours de la visite Rahel compte trois fenêtres cassées, le sol est couvert de feuilles et de branches mortes de l'année dernière.

Ruth fait comme si tout était normal.

Soudain elle jette un coup d'œil oblique vers le ciel.

« Bientôt sept heures, dit-elle. Il est temps de dîner. »

Ils dînent dans la cour intérieure, sur une table joliment mise, tandis que la nuit qui tombe avale les signes de décrépitude. Il y a de la soljanka[1], du pain, du vin rouge et de l'eau, et dans un instant de contentement extrême Peter s'écrie dans un saxon balourd : « Eimannfrei[2] ! »

Ruth éclate d'un rire sonore, qui gagne Rahel à son tour, toutes deux répètent le mot en chœur, *Eimannfrei*, et un souvenir jaillit dans l'esprit de Rahel.

Il n'y a pas si longtemps, deux ans peut-être, ils étaient déjà assis là en train de rire, avec Viktor et Ruth et Simon, et il y avait de la soljanka, du pain et du vin. Simon ne buvait pas d'alcool, et questionné par Viktor il s'en est expliqué. Rahel et Peter connaissaient déjà la raison. Après des études en sciences du sport à la Bundeswehruni[3], leur fils voulait passer le concours pour devenir guide militaire de haute montagne. Il lui faudrait deux ou trois années de préparation. S'entraîner à l'escalade et au ski de très haut niveau sur terrain accidenté dans des conditions météorologiques extrêmes, travailler son endurance et sa force mentale. Le renoncement à l'alcool était pour lui la première étape. Qu'il opte pour une carrière d'officier dans les forces armées

1. Soupe épaisse et épicée d'origine russe à base de choux, de champignons et de cornichons, cuisinée couramment en RDA.

2. Déformation probable de *einwandfrei*, impeccable.

3. L'université des forces armées fédérales.

avait déjà horrifié Rahel. Imaginer son fils en chef de section d'une unité de chasseurs alpins avait été un deuxième choc. Il avait beau assurer que le défi était plutôt d'ordre sportif, elle n'était pas plus rassurée. Cet après-midi-là Viktor était tout aussi peu convaincu. « En cas de crise tu iras donc au casse-pipe pour ce pays », s'était-il écrié stupéfait. « Personne ne t'en remerciera. »

Ruth la met parfois mal à l'aise. Elle demande tout à coup des nouvelles de Simon comme si elle lisait dans les pensées de Rahel.

« Toujours à la Bundeswehruni à Munich, répond Peter.

– Il ne m'a toujours pas rappelée, notre aspirant officier », murmure Rahel en jetant un coup d'œil soucieux sur son téléphone. Puis elle ouvre la galerie de photos dont la plupart montrent ses enfants ou petits-enfants, mais les commentaires de Ruth se limitent à des formules de politesse. *Ah oui* ou *Ravissant* ou *Aha*, dit de sa voix profonde au moment qui convient, mais son regard s'échappe sans arrêt et son rire sonne faux. Elle bâille derrière sa main et annonce qu'elle veut partir tôt.

« Vous n'avez pas besoin de vous lever en même temps que moi. On se dit au revoir maintenant et c'est bon », dit-elle avec sa détermination coutumière.

Première semaine

Lundi

Il est presque huit heures quand Rahel se lève. Elle a dû éteindre le réveil, mais ne s'en souvient pas. Elle n'a pas beaucoup dormi. Simon n'a répondu à son message que vers une heure du matin.

Salut maman, je suis sincèrement désolé que ça ne marche pas pour la Bavière. Je serais passé sans faute et je vous aurais montré quelques beaux itinéraires. Bah, ce sera pour une autre fois ! Moi ça va. Je m'entraîne en ce moment dans le massif des Karwendel. Salue tout le monde de ma part ! Simon

Sur le moment elle s'est sentie soulagée, mais elle savait bien sûr que le danger l'accompagnerait en permanence. Les démons nocturnes de l'angoisse lui ont fait voir des images de son corps fracassé.

Elle en reçoit parfois dans son cabinet – des mères dont l'enfant unique s'est fait écraser en traversant la rue, ou des pères qui ont vu leur fille se noyer dans la

Baltique. Ils sont assis devant elle comme des falots éteints, trop tristes pour vivre, trop faibles pour se suicider.

Rahel se lève, passe dans la salle de bains voisine et retire sa gouttière dentaire. Elle aussi deviendrait une de ces existences calcinées si l'un de ses enfants perdait la vie. Elle chasse cette pensée, lave la gouttière, la range dans sa boîte en plastique et boit de l'eau au robinet. Puis elle va dans sa chambre, troque sa chemise de nuit contre une robe en lin noire et regarde par la fenêtre. Une silhouette s'enfonce dans la forêt en direction du lac. Rahel prend ses lunettes sur la table de nuit et regarde à nouveau. L'homme a disparu, seule la cigogne marche derrière la maison sur ses échasses, la tête rentrée dans le cou.

« Des serpents, des souris, des taupes. Vivants, bien sûr », a répondu Ruth à leur question sur les habitudes alimentaires de la cigogne, avec un sérieux total. Après avoir suffisamment joui de leurs mines décontenancées, elle a tout de même ébauché un sourire furtif. « Mais vous pouvez aussi prendre les petits poissons qui sont dans le réfrigérateur. Ou les poussins et les souris du congélateur. Et s'il se remet à pleuvoir, vous pourrez ramasser les escargots dans les lupins et les hostas – la cigogne vous en remerciera. »

L'animal n'a pas de nom.

Rahel parcourt pieds nus le long couloir qui mène à

la chambre de Peter. Elle frappe et attend, frappe à nouveau, puis entre. Les fenêtres sont grandes ouvertes, les moineaux piaillent dans le sureau dont les branches pénètrent presque dans la pièce, son lit est vide, la couette soigneusement pliée. Elle s'assied sur le bord et passe la main sous la couette à la recherche de sa chaleur. Mais le contact du drap est lisse et froid.

Il a empilé sur la table les livres qu'il a l'intention de lire : *Propaganda* de Steffen Kopetzky, le premier volume de *Im alten Reich. Lebensbilder deutscher Städte* de Ricarda Huch, les *Essais* de Montaigne, les *Sämtlichen Gedichte* de Tomas Tranströmer, *Écrits corsaires* de Pier Paolo Pasolini et *Traité du rebelle ou le recours aux forêts* de Ernst Jünger.

Au centre, un crayon fraîchement taillé sur un cahier neuf, derrière sont posés ses lunettes et un paquet de mouchoirs. Pour une raison qu'elle ignore, cette disposition soigneuse éveille en elle une profonde émotion. Elle quitte la chambre sans laisser de trace et descend l'escalier.

Elle entre dans la cuisine avec un léger embarras. Que ne donnerait-elle pas pour un cappuccino de sa propre machine, avec une mousse de lait crémeuse et une pincée de sucre brun. Elle fait le tour de la pièce, ouvre les placards et comprend peu à peu l'ordre qui sous-tend l'apparent chaos de Ruth. Il n'y a pas de machine à café, juste une cafetière à piston. Ruth et Viktor sont de fervents buveurs de thé vert. Dès son arrivée Peter a remarqué avec joie le grand choix de théières, thés et petits bols.

Elle rince la cafetière à l'eau bouillante et trouve du café moulu dans une boîte noire en fer-blanc. Elle le hume, il paraît frais. Puis elle entend la porte d'entrée se refermer et aussitôt après les pas de Peter dans le couloir. Il entre dans la cuisine d'excellente humeur et lui raconte son bain dans le lac.

« Ah bon, l'homme dans la forêt c'était toi », dit-elle.

Il acquiesce. « J'étais le seul nageur dans l'immensité du lac.

– Je te prépare du thé ? demande-t-elle en posant la main sur son bras.

– Non, je vais le faire moi-même. »

Tandis que Peter découvre avec enthousiasme que la bouilloire est dotée d'un thermostat et qu'on peut donc chauffer l'eau du thé à 70°C sans problème, Rahel fait cuire du porridge. Pendant ce temps ils se répartissent les tâches. Peter, qui n'a jamais eu aucune sympathie pour les animaux et a toujours opposé un refus catégorique aux enfants réclamant à cor et à cri un animal de compagnie, lui annonce à sa grande surprise :

« Je me charge des animaux. »

Rahel s'en réjouit. Elle préfère le jardin.

Peter se hâte de quitter la table du petit déjeuner. Elle le voit se diriger vers l'écurie, d'où il ressort peu après avec le cheval harnaché d'un licou.

Le cheval est une jument Fuchs de vingt-trois ans

baptisée Baila. Elle a été recueillie ici par charité il y a cinq ans, après avoir dû renoncer au saut d'obstacles suite à une blessure. Elle trotte derrière Peter et paraît peu empressée d'aller au pâturage. Elle s'arrête à chaque instant, couche les oreilles et plante les sabots dans le sol. Essayer de la tirer et de l'exhorter reste sans effet. Peter se saisit de la longe fixée au licou, la fait tournoyer, et donne un petit coup sur l'arrière-train de la jument récalcitrante qui se décide à bouger et marche à côté de lui sagement.

Rahel l'observe peu après en train de nourrir la cigogne. L'oiseau reçoit son poisson dans une gamelle en plastique et s'y attaque avec avidité. Ruth a fait sortir les poules et les a nourries avant de partir, et les chats semblent eux aussi rassasiés et contents. Ils sont couchés dans la cour ou rôdent alentour, ou bien se faufilent à l'intérieur de la maison par une chatière et s'égaillent dans le sous-sol.

Rahel laisse la vaisselle en plan dans la cuisine et sort. Elle prend un arrosoir, mais les fûts d'eau de pluie sont vides. Même dans cette région les étés deviennent plus chauds, plus secs, plus poussiéreux. En forêt les épicéas et les hêtres meurent, et dès le mois d'août on se croirait en automne. Elle ouvre le robinet à côté de la porte d'entrée, déroule le tuyau accroché au-dessus et commence à arroser les plantes qui ont à son avis les meilleures chances de survie. Les althéas, les roses trémières, un rhododendron, divers hortensias, les soucis et les hostas sont certes flapis, mais se redressent au bout d'un moment. Seule la lavande prospère sans aucune aide et forme des îlots au parfum délicieux. Comment Ruth qui est bientôt septuagénaire et son mari de dix ans plus âgé assument-ils cette maison et cette ferme, c'est un mystère pour Rahel et elle préfère ne pas imaginer ce qui se passera si Viktor ne se rétablit pas.

Peter est occupé jusqu'au déjeuner. Rahel a étalé sur la table le contenu du bac à légumes, jeté tout ce qui était pourri et décidé de faire une soupe avec le reste. Il y a encore du pain en quantité. Elle met la table dehors, ouvre le parasol, fait tremper le rafraîchisseur de bouteilles jusqu'à ce que la terre cuite devienne foncée, et choisit un pinot blanc parmi les vins qu'ils ont apportés.

Elle trouve encore dans le réfrigérateur une paire de saucisses d'agneau qu'elle abandonne toutes les deux à Peter avec un soupir. Elle mange moins depuis quelque temps, pour garder la ligne.

Pendant le repas Peter annonce qu'il a l'intention de faire une promenade assez longue avec Baila cet après-midi. Ruth l'a chargé de faire marcher la jument au moins une heure par jour. Il parle sans regarder Rahel, et ne lui demande pas non plus si elle aimerait l'accompagner.

En débarrassant la vaisselle il laisse échapper un verre. Qui se brise sur les pierres devant la porte de la maison. Peter se fige, les yeux fixés sur les éclats de verre répandus au sol. Il reste plusieurs secondes sans bouger, à regarder, et c'est ce regard qui retient Rahel de l'aider. Elle se détourne. Un rayon de soleil atteint son visage, elle ferme les yeux. Quand elle les rouvre, il est accroupi par terre une balayette à la main et ramasse les débris.

Peter se met en route avec Baila, Rahel erre à travers les pièces. Cette maison est là depuis plus de cent cinquante ans, tel un organisme doté de ses lois propres elle ne cesse d'accueillir des gens nouveaux, les enveloppe, les ingère, les pénètre, agit d'abord sur eux et pour finir à travers eux.

Le bois clair des sols est marqué de profondes éraflures, les tomettes de la cuisine sont en partie fêlées, en partie écaillées, il n'y a aucune surface libre. Tout ce qui est horizontal est occupé – chaque rebord de fenêtre, chaque commode, chaque table supporte des piles de coupures de journaux, de catalogues d'expositions, de livres, de photos, de CD, de notes, de croquis et une foule de figurines sculptées pour les enfants que Ruth n'a jamais eus.

Rahel reconnaît celles que Viktor a faites pour elle autrefois. Elle emporte l'une d'elles – un elfe – et continue son tour.

Quand le téléphone sonne dans le vestibule, elle hésite. Ruth ne lui a donné aucune instruction concernant d'éventuels appels. L'appareil est neuf. Le mode d'emploi et le ticket de caisse sont posés à côté. Elle décroche avant que le répondeur ne s'enclenche.

« Hello Rahel, dit Ruth. Je suis bien arrivée auprès de Viktor et je dois te saluer chaleureusement de sa part. Il me l'a dit trois fois, ça semble lui tenir vraiment à cœur.

– Merci ! Comment va-t-il ?

– Aussi bien que possible. Écoute, je vais devoir raccrocher hélas, parce qu'un médecin va passer pour le plan thérapeutique. Dis-moi vite, comment vont les animaux ?

– Bien ! Très bien ! Ne t'inquiète pas, tout est sous contrôle.

– Tu m'en vois ravie. Je te rappelle. Adieu, ma chérie, et le bonjour à Peter.

– Je n'y manquerai pas. »

Quand Ruth a raccroché, Rahel pense à toutes les questions qu'elle aurait dû poser.

Où est l'aspirateur ? Quand passe le ramassage des ordures ? Dois-je te faire suivre le courrier ?

Elle reste un moment en arrêt devant le téléphone, puis fourre l'elfe dans la poche de sa robe, sort de la maison, traverse la cour et ouvre la porte de l'atelier de Viktor.

Tout au fond de la pièce, là où la lumière du soleil ne pénètre pas, se dresse une statue grandeur nature sur un socle. Une femme nue, les jambes légèrement écartées, le haut du corps et les bras cambrés vers l'arrière. Une posture de danseuse ou l'expression d'une intense douleur. Rahel s'approche et sursaute : entre les jambes, juste sous la zone pubienne, une grosse araignée a tissé sa toile. Dégoûtée et fascinée à la fois, Rahel observe la bestiole qui bat soudain en retraite.

Elle prend une chaise pour examiner de plus près le visage de la statue. Aucun doute, c'est Ruth. Non pas la Ruth d'aujourd'hui, mais Ruth jeune femme, Ruth avant son mariage, la danseuse, la muse de l'artiste Viktor Kolbe.

Les burins sont accrochés au mur à droite, alignés dans l'ordre. Il doit y en avoir une centaine. Sur un établi, une boîte à outils ouverte avec des couteaux à sculpter et, à côté, plusieurs travaux entamés, presque tous d'inspiration religieuse, semble-t-il. Il y a aussi un livre : *Récits d'un pèlerin russe*[1]. Sur un bout de papier, de l'écriture énergique de Viktor : *Priez sans relâche !* et : *Seigneur Jésus-Christ, prends pitié de moi.*

Perplexe, elle feuillette un peu le livre du pèlerin. Autant qu'elle sache, Viktor n'est pas croyant.

Elle le repose et quitte l'atelier en proie à un accablement étrange.

Elle va chercher une serviette de toilette dans sa chambre, la met autour de ses épaules et prend le chemin du lac. Des

---

1. *Récits d'un pèlerin à la recherche de la prière*, plus connu sous le titre *Récits d'un pèlerin russe* est un ouvrage anonyme de la fin du XIXe siècle, considéré comme l'un des chefs-d'œuvre spirituels de l'orthodoxie russe.

voix d'adolescents lui parviennent d'un site de baignade sur l'autre rive, mais de son côté elle est seule. Elle se baigne nue comme elle en a l'habitude. L'eau fraîche et claire enveloppe son corps, et c'est ce moment de l'immersion qu'elle aime, quand les bruits terrestres disparaissent et qu'un silence total l'étreint.

Sur le trajet du retour elle essaie d'imaginer ce qu'ils feraient en ce moment s'ils étaient en Bavière. Mais aucune image ne lui vient.

Peter est assis dans la cour sur un banc à l'ombre. Le chapeau enfoncé sur le visage, les bras croisés, il paraît somnoler. À son approche il lève la tête.

Ils sont assis côte à côte, sans se toucher. Il la fait rire en lui racontant sa promenade avec Baila. Au début, la jument faisait semblant de boiter. Elle s'arrêtait à chaque instant, rejetait la tête en arrière ou essayait de manger l'herbe au bord du chemin. Au retour en revanche elle s'est soudain mise à trotter et il a eu du mal à suivre son rythme.

Juste au moment où Rahel s'apprête à lui parler de sa découverte dans l'atelier, il se lève et dit : « Je vais m'allonger un petit moment.

– C'est bien », répond-elle, sans le penser.

*

Avant le dîner, Rahel pique des clous de girofle dans deux demi-citrons et les pose sur la table dehors contre les guêpes. Elle trouve dans le réfrigérateur un reste de jambon de bœuf, un petit fromage de chèvre frais et quelques olives. Demain il faudra aller faire des courses.

Elle a envie de boire du vin mais la perspective de la mauvaise nuit qui suivrait lui gâche le plaisir.

Elle emporte dehors le plateau avec les assiettes, met la table et voit Peter sortir de la maison. Il a trois grosses boîtes de pâtée pour chat qu'il répartit dans plusieurs écuelles. Puis il s'assied par terre à quelques mètres et regarde la meute manger. Un petit chat au pelage brun-roux avec une oreille en moins s'efforce en vain d'accéder à la nourriture. Peter écarte les autres, prend une des écuelles, attrape le chat roux et l'emmène à l'écart, où il peut manger en paix sous sa protection.

« Tu sapes la hiérarchie naturelle », lui crie Rahel. Il hoche la tête avec un air ravi.

Après le repas il repousse son assiette au centre de la table, avale une grande gorgée de bière, repose la bouteille, étend les jambes et croise les mains derrière la tête – une posture que Rahel a déjà vue chez beaucoup d'hommes, mais jamais encore chez Peter.

« Au fond c'est une bonne chose que la Bavière n'ait pas marché, tu ne trouves pas ? » demande-t-il, et bien que cette idée lui soit venue à elle aussi, elle répond : « Non, je ne vois pas en quoi ce serait une bonne chose. »

Il la regarde d'un air grave. Puis se lève, finit sa bière d'un trait et commence à débarrasser.

Rahel reste assise dehors jusqu'à ce que ses yeux se soient habitués à l'obscurité. La lune éclaire suffisamment la cour pour qu'elle puisse distinguer des formes et voir les nombreuses chauves-souris filer sous ses yeux. Aujourd'hui et dans les jours qui viennent, les Perséides seront à leur apogée. Elle aimerait tellement être en train d'observer le ciel en compagnie de Peter et plus tard, peut-être, coucher avec lui.

Son refus la tourmente.

Avant même l'histoire à l'université, Rahel avait déjà eu la puce à l'oreille. C'était leur façon de faire l'amour, et le fait que l'initiative vienne presque toujours d'elle – elle connaissait les signes. Des patients lui avaient raconté plus d'une fois comment ils avaient cessé peu à peu toute activité sexuelle. L'amour se transformait en tendre amitié et les retours en arrière étaient rares.

Quelquefois, aussitôt après l'orgasme, Peter se mettait à parler de tel ou tel sujet qui l'intéressait. Puis il la regardait de nouveau avec cette étrange douceur. Des regards sans désir qui ramollissaient leurs corps. Quand sont apparus chez elle les prémices de la ménopause, elle a connu les sautes d'humeur dont parlent les livres. Il y avait des moments où elle appelait Peter à l'université, remplie de désir, et l'attirait à la maison. Et d'autres jours où elle ne supportait pas qu'il la touche. Parfois elle le réclamait plusieurs fois par jour, et quand il a commencé à se soustraire à son désir, elle lui a demandé avec anxiété s'il avait une aventure.

« Mon Dieu, Rahel ! a-t-il répliqué. Primo ça ne m'excite pas de voir le gibier se coucher devant le fusil, et secundo il y a des gens pour qui le sexe n'a pas cette importance ! »

C'était bien envoyé. Elle a boudé deux ou trois semaines, et envisagé un temps un traitement hormonal pour atténuer les puissantes bouffées d'émotion. Mais à dire vrai elle voulait tout ressentir. Les larmes qui surgissaient de nulle part, l'abattement et les sueurs, l'euphorie d'être tout simplement en vie et la fringale de son mari.

Parfois ce n'était pas la fringale de lui, mais le besoin d'un homme, n'importe lequel.

Mardi

D'après la position du soleil, ce doit être la fin de la matinée. Une fois encore elle a dormi trop longtemps, et elle a l'impression de s'être dérobé un petit morceau de vie.

Elle enfile la robe de lin noir d'hier et devine qu'elle la portera aussi les prochains jours. En la mettant, elle fait tomber de sa poche l'elfe qui atterrit par terre. Une aile est cassée. Elle la dépose avec précaution sur la table de nuit, place la figurine à côté et pense à Viktor. Son intérêt pour Rahel crevait les yeux ; il traitait sa sœur Tamara avec une certaine indifférence. Ruth l'ayant un jour questionné à ce sujet, sa réponse laconique a été que Tamara avait un père, Rahel non.

Dans la cuisine il y a du thé froid. Aucune trace de Peter, et sur le moment elle en est soulagée. Elle prépare du café, étale de la confiture sur un demi-petit pain et le mange debout. Sans qu'elle puisse en formuler la raison, elle se sent de nouveau attirée vers l'atelier de Viktor.

Tenant en équilibre sa tasse de café pleine, elle traverse la cour en diagonale et se dirige droit vers l'établi sur lequel est posé le livre. *Seigneur Jésus-Christ, prends pitié de moi.* Elle dit plusieurs fois la prière, l'accentue chaque fois différemment jusqu'à ce qu'elle ait trouvé un rythme. *Seigneur Jésus-Christ, prends pitié de moi, Seigneur Jésus-Christ, prends pitié de moi, Seigneur Jésus-Christ, prends pitié de moi, Seigneur Jésus-Christ, prends pitié de moi, Seigneur Jésus-Christ, prends pitié de moi.*

Elle ne ressent aucun effet.

À côté de l'établi il y a un meuble à dessin. Dans le tiroir du haut, des études d'animaux au fusain, surtout des chevaux et des chats. Dans le deuxième, Rahel trouve un assortiment de crayons à papier, des fusains dans une boîte en carton, des blocs à croquis, un paquet de tabac avec filtres et papier à rouler, des bougies et des briquets. Le tabac est encore humide, il ne peut pas être vieux. Ruth est-elle au courant ?

Elle ouvre un autre tiroir : plusieurs dessins d'un buste féminin dans différentes poses. Elle les examine tour à tour. La plupart sont des esquisses crayonnées à la hâte, quelques-uns, peu nombreux, paraissent aboutis. Le dernier a une tête et un visage : c'est Edith, la mère de Rahel.

À côté, un autre tas de feuilles. On y voit un enfant, et cet enfant c'est elle.

Elle reste plusieurs minutes les yeux braqués sur ces dessins. Le contenu de ce tiroir n'était pas censé être vu de quiconque. Elle se fait l'effet d'une voleuse et en même temps d'une personne qu'on a privée d'une chose qui lui appartient.

Les mains tremblantes, Rahel prend le tabac dans l'autre tiroir. Elle tire une feuille de papier de l'étui et roule sa première cigarette depuis plus de vingt ans. Mais avant d'avoir pu l'allumer elle entend des sabots sur les pavés de la cour et l'instant d'après, jetant un coup d'œil par la fenêtre, elle voit Baila. La jument s'arrête, gratte plusieurs fois le sol avec le sabot avant droit et s'ébroue. L'extrémité de la longe pendille, aucune trace de Peter. Rahel pose la cigarette sur la table et se précipite dehors.

Peter arrive d'un pas lourd cinq minutes plus tard. Il secoue la tête en riant.

« Le temps que je relace ma chaussure, elle avait déjà foutu le camp. »

Il saisit la longe et se met à faire un discours à Baila.

S'il m'en disait ne serait-ce que la moitié, pense Rahel en le suivant des yeux tandis qu'il s'éloigne avec la jument, direction le pâturage.

Après un court bain dans le lac, Rahel rentre à la maison. Elle espère trouver Peter dans sa chambre. Sa découverte à l'atelier la tarabuste ; les questions qu'elle soulève lui semblent monstrueuses et la seule personne capable d'y répondre est sous la garde attentive de son épouse dans une clinique de rééducation au bord de la Baltique.

Mais c'est d'autre chose qu'elle veut parler avec Peter.

Elle relève ses cheveux comme il aime qu'elle le fasse, libère deux ou trois petites mèches sur les côtés, se met un soupçon de rouge sur les lèvres, du mascara sur les cils et s'examine un moment dans le miroir. Les bons jours elle ne fait pas ses quarante-neuf ans.

À chaque pas vers lui sa démarche est plus précautionneuse. Les lattes du vieux plancher grincent et au moment précis où elle va frapper il crie : « Entre. »

Il est assis à son bureau devant un livre ouvert, se retourne vers elle et pose ses lunettes.

« Peter, qu'est-ce qui nous arrive ? »

Il désigne la chaise à côté du lit. « Assieds-toi donc. »

Elle sent des gouttes de sueur froide couler sous ses aisselles et scrute attentivement son visage. Elle voit qu'il cherche ses mots.

« Peter s'il te plaît !

– Je suis pris au dépourvu, Rahel. Je ne veux pas dire de bêtises, je… On pourrait se parler plus tard ? Cet après-midi ? »

Elle se lève avec un calme olympien et marche vers la porte. Elle parvient encore à esquisser un sourire las, puis se dirige vers sa chambre à l'autre bout du long couloir.

Depuis un an et quatre mois Peter passe la plus grande partie de son temps seul. Il est doué pour ça. Il s'adonne à une lecture comparée des différentes traductions d'une œuvre, regarde des documentaires animaliers, des émissions sur des personnages historiques ou des reportages de voyages, fait de grandes balades à vélo tout autour de Dresde pour aller voir des domaines viticoles, ou se consacre pendant des semaines à un thème choisi avec soin et qu'il examine sous l'angle littéraire, artistique et scientifique. Son penchant pour l'exhaustivité tourne au pédantisme, la distance critique est devenue retrait du monde.

Ce fameux jeudi, le jour où son équilibre déjà fragile a basculé, il est rentré plus tôt à la maison. Elle ne l'attendait pas. Quand elle est sortie de la douche tout juste enveloppée dans une serviette, il était debout dans le vestibule, immobile. Son regard mi-absent mi-hagard n'annonçait rien de bon et elle a compris à l'instant même que la soirée se déroulerait autrement qu'elle l'avait espéré. C'était pourtant leur anniversaire de mariage. Le vingt-huitième.

« Qu'est-ce qui se passe ? » a-t-elle demandé, sans pouvoir dissimuler la légère irritation dans sa voix. Il s'était trop souvent *passé quelque chose* quand il rentrait à la maison ces derniers temps. Chaque jour pour ainsi dire il se révoltait contre le nombre d'étudiants brouillés avec l'orthographe et la grammaire, contre leur manque de culture et leur ignorance crasse en histoire.

Rahel l'écoutait se plaindre en levant les yeux au ciel. Son pragmatisme ne lui permettait pas ces vaines rébellions, et même si elle comprenait que les gens de l'espèce de Peter souffraient, sa pitié n'allait pas très loin.

« Allez, je nous ouvre une bouteille de vin », a-t-elle dit devant son silence.

Il a secoué la tête. Dans la cuisine il s'est versé un verre d'eau et l'a bu.

« Ce monde n'est plus le mien, Rahel », a-t-il constaté en regardant par la fenêtre.

Elle a passé la demi-heure suivante avec lui à la table de la cuisine, les cheveux mouillés et les pieds froids. Il lui a relaté l'incident avec un luxe de détails épuisant, Rahel était assise les jambes repliées sur la chaise et l'écoutait.

Au cours d'un séminaire consacré aux « rôles de genre dans la littérature du XIXe siècle », Peter avait proposé un large éventail d'œuvres littéraires. Quelques participants s'étaient élevés contre la quantité en étayant leur protestation sur le fait qu'il n'en ressortirait de toute façon que des clichés hommes/femmes. Un classement binaire auquel plus personne ne croyait. Il suffisait de lire un de ces livres ou quelques extraits pour être fixé. Peter avait argué qu'un examen se limitant à des extraits ou à un seul exemple était contraire aux exigences de l'enseignement supérieur. Et même s'il s'avérait au terme d'une lecture globale que les clichés traditionnels prédominaient, cela soulevait tout de même des questions passionnantes. On pouvait se demander si ces clichés ne renfermaient pas un fond de vérité. On pouvait développer des hypothèses et en discuter. Il avait avancé la thèse que les femmes priorisaient souvent dans leur vie d'autres valeurs et d'autres objectifs que les hommes. Par exemple la course au pouvoir pure et simple leur répugnait souvent, ce qui offrait un constraste extrêmement sympathique avec tous les Narcisses masculins aux postes de pouvoir. À cet instant, un petit groupe avait déclenché un chahut comme il n'en avait encore jamais connu pendant toutes ses années de professorat.

Une personne en particulier l'avait apostrophé violemment : Olivia P.

Disant qu'il était un macho particulièrement sournois puisqu'il félicitait les femmes de n'être pas avides de pouvoir au lieu de les encourager dans leur soif de pouvoir. Peter avait répliqué aussitôt en l'appelant Mme P., et elle lui avait balancé « Je suis une personne non-binaire ! ». Il en était resté sans voix quelques secondes, puis il avait regardé sa liste de participants et fait remarquer qu'elle figurait sur cette liste en tant que *Mme Olivia P.* Olivia P. avait explosé. Refuserait-il par hasard de reconnaître qu'elle n'était ni d'un genre ni de l'autre ? Pas du tout, avait-il répondu, il disait juste qu'elle était inscrite comme femme sur la liste. Tout ce qu'il avait dit ensuite avait été couvert par des hurlements.

Peter lui a décrit les événements jusque dans les moindres détails.

« Bon sang ! » Rahel a fini par l'interrompre. « Tu es

parfois un tel… » elle a failli dire coupeur de cheveux en quatre, mais s'est ravisée in extremis et a poursuivi : « Qui sait quelle histoire douloureuse a vécue cette pauvre personne. Appelle-la donc comme elle veut ! »

Il l'a regardée avec des yeux étranges. Un nerf de son visage a tressailli. Puis il s'est levé, est allé dans sa chambre et a refermé la porte derrière lui sans un bruit.

Dès lors le silence s'est installé entre eux et elle n'a pas su la suite de l'histoire. C'est seulement lorsqu'elle a découvert un article un beau matin dans un des grands quotidiens nationaux qu'elle a pris toute la mesure de l'affaire : « Les passéistes incurables. Un professeur de littérature allemande de l'université technique de Dresde a refusé de reconnaître à une personne transgenre son identité sexuelle non-binaire. » La suite était un règlement de comptes avec l'Est. Les endoctrinés de jadis n'avaient toujours pas appris la liberté de penser et l'ouverture d'esprit. M. le Pr Wunderlich offrait un excellent exemple de leurs lacunes, etc. etc. Toutes ces conneries épouvantables qu'ils ne supportaient plus d'entendre.

Elle a annulé les rendez-vous de ses patients du matin et foncé à l'université.

Peter était dans son bureau. Il avait tourné son fauteuil vers la fenêtre et regardait dehors. Ses bras étaient posés sur les accoudoirs.

« Ah, c'est toi », s'est-il contenté de dire quand elle s'est précipitée pour le prendre dans ses bras.

Puis Olivia P. a déclenché une avalanche de propos haineux sur les réseaux sociaux.

La première réaction de Peter a été une incompréhension presque détachée ; non seulement il ne s'est pas défendu, mais il n'a pas fait le moindre commentaire sur tout ce qui déferlait sur Facebook, Twitter and Co. Il sous-estimait toutefois la dynamique des événements. Des affiches ont bientôt été punaisées dans les couloirs de l'université, avec son portrait et des phrases prononcées par lui pendant ses cours et séminaires mais sorties de leur contexte.

Lors d'un entretien avec la doyenne et le vice-doyen de l'université, ceux-ci lui ont reproché de s'y être mal pris avec Olivia P. Lui faire remarquer qu'elle était inscrite en tant que femme sur la liste constituait une provocation inutile, et la protestation de ces jeunes gens était parfaitement légitime en démocratie. Il était instamment demandé à tous de privilégier désormais une langue exempte de toute discrimination. Peter n'avait qu'à se comporter de façon plus intelligente à l'avenir et attendre que l'affaire se tasse.

« Mais tu sais ce qui a été le pire dans toute cette histoire ? », a-t-il demandé d'une voix lasse et il a donné aussitôt la réponse : « C'est que tu m'aies poignardé dans le dos. »

Rahel est allongée sur le lit dans sa chambre. Là-bas dans l'atelier sa cigarette l'attend, c'est le bon moment pour la fumer. Elle s'assied et étire son dos. En descendant l'escalier elle se souvient que le réfrigérateur est presque vide et qu'il n'y a pas assez de pain pour tenir jusqu'à demain. Elle rebrousse chemin, frappe à nouveau chez Peter, attend sa réponse puis entrouvre la porte de quelques millimètres.

« Je vais faire des courses en vitesse. Je te rapporte quelque chose ?

– Non. Ou alors… », il se retourne vers elle, « … un peu de poisson fumé ce serait bien. De l'omble ou de l'anguille, ou ce qu'il y aura. »

Elle acquiesce. Et se réjouit qu'il exprime un désir.

Elle sort de la cour en roulant au pas. Vingt mètres à peine derrière la maison, le petit rocher attire son regard, un bloc erratique qui dans son enfance lui paraissait gigantesque. Un jour, Viktor l'a hissée dessus et lui a raconté que la pierre avait été transportée ici par un glacier près de quinze mille ans plus tôt, puis il avait fondu et elle était restée. Le lac aussi s'était formé à partir de l'eau du glacier, d'ailleurs le paysage tout entier avec ses douces collines était le produit de la dernière période glaciaire. *Moraine frontale.* Deux mots qu'elle avait dû faire de gros efforts pour retenir. Mais l'idée que le lac dans lequel elle se baignait avait déjà quinze mille ans lui paraissait dégoûtante.

« Je n'entre pas dans une eau aussi vieille », avait-elle annoncé ensuite à Ruth et à sa mère, et leur rire l'avait profondément blessée.

Le bloc erratique est toujours aussi imposant mais ne dégage plus aucune magie, comme tout objet que l'on peut classifier et comprendre.

Il lui faut une bonne demi-heure pour atteindre le centre commercial. Elle bourre le coffre pour n'avoir pas à ressortir trop vite, sur le chemin du retour elle s'arrête devant le poissonnier du village, achète de l'omble et de l'anguille fumés, et demande aussi des déchets de poisson pour la cigogne, dont le commerçant lui fait cadeau. Puis elle se hâte de regagner la ferme.

Peter est assis à la table sous le parasol ouvert et parle à la cigogne. L'oiseau agite de temps en temps ses ailes inutiles mais ne s'éloigne pas d'un mètre. Tandis qu'elle coupe le moteur, ils viennent tous les deux à sa rencontre ; Peter ouvre le coffre et commence à transporter les achats dans la cuisine. La cigogne reste près de la voiture.

« J'ai trouvé du poisson », dit-elle une fois dans la cuisine en sortant le paquet du sac à provisions. « Anguille et omble, tout frais.

– Magnifique. » Il sourit. « As-tu pensé aussi à Maître Adebar ? »

En réponse elle brandit le sac avec les déchets de poisson.

« Magnifique », répète-t-il gentiment, il lui prend le sachet des mains et sort.

Rahel s'assied un instant à la table. Elle est très fatiguée tout à coup.

Elle regarde par la fenêtre. Le soleil a dépassé son zénith, la cigogne se jette sur sa pitance pendant que Peter maintient le chat à l'écart. Rahel n'a ni faim ni envie de cuisiner. Une fois ses achats rangés, elle traverse furtivement la cour et entre dans l'atelier.

À l'instant même où elle va allumer sa cigarette, Peter ouvre la porte et glisse un coup d'œil à l'intérieur.

« Je te cherchais. Je nous fais une salade ? On pourrait manger le poisson avec.

– Volontiers ! dit-elle aussitôt.

– Tu prépares ta sauce exquise ? Je ne sais pas comment on fait. »

Elle abandonne discrètement sa cigarette sur l'établi derrière les livres et le suit dans la cuisine.

Peter allume la radio, écoute quelques secondes le présentateur des informations, gémit, secoue la tête et cherche une autre chaîne. Rengaines, musique pop, slogans publicitaires braillards, il passe et s'arrête sur un enregistrement du quintette « La Truite ».

« C'est mieux », constate-t-il et il entreprend de laver la salade.

Rahel verse dans un petit bol de l'huile et du vinaigre, de la moutarde, du miel, du citron, du poivre et du sel. Elle bat les ingrédients avec un petit fouet jusqu'à une consistance onctueuse, et goûte avec l'index. Elle est satisfaite. Ce sont les contrastes qui rendent la nourriture savoureuse – sucré et salé, sucré et épicé, sucré et acide. Elle jette un coup d'œil sur Peter et se demande pourquoi il ne voit pas que c'est leur différence de nature qui crée l'attirance entre eux. En tant que parents, ils s'engrènent l'un dans l'autre comme deux roues dentées et composent un mécanisme familial fonctionnel, sur lequel les enfants peuvent toujours compter. Mais hélas, Rahel bouillonne. Hélas, le trop-plein de vie doit s'épancher. Alors il se renferme dans sa coquille comme un escargot et il attend. Dans les livres il aime les natures impatientes et fougueuses. Là il peut les approcher sans être mis en danger.

Elle prend un couteau et une planche et s'assied à la table avec lui. Sa façon de couper le concombre, méticuleuse, en petits morceaux presque tous exactement de la même taille, c'est sa manière d'agir en tout. Entre le projet et sa réalisation, il n'y a aucune différence ; la concordance des paroles et des actes est infaillible. C'est de ce tempérament que Rahel est tombée amoureuse il y a presque trente ans. Après toute sa période chaotique, c'était comme tomber dans un lit chaud et douillet.

Il met les morceaux de concombre et de poivron dans le saladier, sort le poisson de son papier et le pose sur un plateau de porcelaine blanche, puis va chercher les assiettes et les couverts, le vin blanc et les verres.

« Si on mangeait dehors ? » demande-t-elle mais elle connaît déjà la réponse.

« Il vaut mieux pas. Les guêpes. »

Rahel hoche imperceptiblement la tête. « L'eau peut aider », contre-t-elle d'une voix douce.

Il l'interroge du regard.

« Vaporiser de l'eau. Elles croiront qu'il pleut.

– Ou alors, rétorque-t-il, on mange tranquillement ici à l'intérieur et ensuite on boit le café dehors.

– Bon. »

Le triomphe du bon sens ne la réjouit pas. Elle mange sans appétit, laisse la vaisselle à Peter et annonce qu'elle se retire dans sa chambre pour faire la sieste.

« Tu voulais qu'on parle... », dit-il, mi-question, mi-constat.

Elle ne parvient à produire qu'un hochement de tête las.

« On se retrouve devant la maison vers trois heures pour une petite promenade ? »

Il pose la question d'une voix tendre et Rahel est sur le point de fondre en larmes.

À trois heures pile elle franchit la porte et sort dans la cour. Un coup d'œil circulaire. Peter est assis sur un des nombreux bancs qui parsèment la propriété. Il a son panama sur la tête, le chat qui n'a qu'une oreille est couché sur ses genoux. Tandis que Rahel le rejoint, il soulève délicatement le chat et se lève.

Ils prennent le sentier forestier en direction de la rive du lac, mais bifurquent à gauche sur un chemin plus large – un ancien chemin creux que Rahel aimait déjà enfant. C'est une journée soyeuse. Une brise chaude caresse ses bras nus et ses jambes. Peter rajuste ses lunettes et relève légèrement son chapeau.

« Si tu veux bien commencer – je t'écoute. »

Bien qu'elle ait passé toute la sieste à peaufiner son discours, elle se sent perdue tout à coup. Elle essaie désespérément de se rappeler ses phrases d'entrée en matière. Peter marche à côté d'elle, patient. Elle écrase un moustique sur sa nuque, saisit Peter par le bras et s'arrête.

« Est-ce que tu as encore envie d'être avec moi ? »

C'est sorti. Le chemin creux s'enfonce tellement à cet endroit que les talus de part et d'autre empêchent de voir le paysage au-delà. Les branches des arbres se rejoignent au-dessus d'eux et forment un toit épais.

Il la regarde avec effroi, puis baisse la tête.

« C'est une question simple, Peter. Tu devrais pouvoir y répondre. »

Il cherche son regard.

« Et toi ? À ce stade de notre couple, aurais-tu une réponse claire à cette question ? »

Elle hésite, voit deux moustiques sur son bras et frappe aussitôt.

« Viens, on continue », dit-il et il se remet en marche. « Je ne veux pas me séparer de toi, Rahel, mais en ce moment je ne peux pas vivre avec toi de la manière qui t'est nécessaire.

– Tu veux dire de quelle manière ?

– D'une manière totale.

– Qu'est-ce que ça signifie ? » demande-t-elle d'un ton cinglant en l'empêchant à nouveau d'avancer.

Il recule. « Tu sais très bien ce que je veux dire. »

Oui, elle le sait, mais elle ne le dispensera pas de le formuler.

Elle exige de ses patients qu'ils nomment le problème qui les amène. Ce qui ne peut pas être formulé n'a aucune chance d'être résolu. C'est valable aussi pour Peter.

« Je ne peux plus faire l'amour avec toi », dit-il.

Elle écoute en silence les explications qui suivent. Toute cette histoire avec Olivia P., la volée de bois vert à l'université, la haine, la vulgarité, tout cela l'a ébranlé en profondeur, et quand il est rentré à la maison en piteux état, il a dû affronter ses railleries et quelque chose en lui s'est cassé.

Il soupire. « J'avais besoin de toi à ce moment-là. Pendant des semaines je me suis senti comme un étranger, dans ma propre maison, auprès de ma propre femme. Et le désir… a cessé tout simplement.

– Et maintenant ? lui demande-t-elle tout bas. Devrons-nous vivre désormais côte à côte comme frère et sœur ?

– Par exemple.

– Aha ! »

Sa voix dérape dans les aigus, comme toujours quand

elle a peur. Peter lui jette un regard compatissant. Puis il s'immobilise et fait ce truc avec les mains – les bras le long du corps et les doigts pris d'un tremblement incontrôlé qui dure jusqu'à ce qu'il s'en rende compte et croise les mains derrière le dos. Ils ont quitté la forêt, ils sont sur un chemin de terre, la maison est en vue.

« Je veux dire, tu imagines ça comment ?

– Je n'imagine rien du tout, Rahel. Je dis juste ce qui est. »

Son regard tourmenté se perd dans le lointain au-delà des champs.

« Là-dessus on ne peut pas se forcer, dit-il au bout d'un moment.

– Non. Bien sûr que non. Mais tu peux essayer.

– Je ne veux rien essayer pour l'instant », déclare-t-il d'un ton las et ils se remettent en route, font le reste du chemin en silence.

Rahel va prendre une serviette sur la corde à linge et se dirige aussitôt vers le lac. Elle s'immerge et fait quelques mouvements de brasse en longeant la rive. Elle ne se risque pas au large. Au cours de natation en primaire, la monitrice la repoussait avec une longue perche quand elle voulait se retenir au bord du bassin. « Notre objectif est de faire des nageurs endurants ! » braillait-elle dans le vaste hall et tout enfant qui s'était senti en sécurité jusque-là se mettait à pédaler dans l'eau frénétiquement. Rahel était morte de peur à chaque cours. Elle n'a jamais appris à sauter du plongeoir. Le jour de l'examen, un autre moniteur de natation lui a donné un coup derrière les jambes, si bien qu'elle a basculé dans l'eau la tête la première, mais rien à voir avec un vrai plongeon.

À présent elle nage lentement le long des nénuphars jaunes aux tiges épaisses. Elle pense à la dernière phrase de Peter. *Je ne veux rien essayer pour l'instant.* Il peut très bien vouloir dire qu'il essaiera plus tard. Il faut qu'il essaie. Sinon elle ne pourra pas rester avec lui.

Qu'est-ce qu'il croit ? Qu'elle va accepter sans broncher ?

Elle se retourne sur le dos et se laisse porter.

Bien sûr, il y a aussi eu des périodes où c'était elle qui était lasse et sans envie. Quand les enfants étaient petits. Quand ils étaient malades ou simplement pénibles. Quand Edith est morte. Peter ne se plaignait jamais, n'insistait jamais. Toutefois – et c'est une différence capitale – il a toujours pu être sûr que ce calme plat aurait une fin.

Seul son visage est hors de l'eau. Ses jambes s'enfoncent dans les profondeurs, quelque chose la frôle. Elle se remet vite à nager.

Une musique tonitruante lui parvient maintenant de l'autre rive. La jeunesse du village s'est donné rendez-vous. Il est temps pour elle de s'en aller.

Mercredi

« Selma m'a appelé », dit Peter en entrant dans la cuisine, encore en pyjama. « Elle demande si elle peut venir quelques jours avec les enfants. » Il va prendre la bouilloire, la vide dans l'évier, la remplit d'eau fraîche et ajoute que Ruth n'a certainement rien contre.

Ruth non, pense Rahel et elle se tait.

« Tu ne débordes pas d'enthousiasme, constate-t-il. Tu sais qu'elle le sent. »

Bien sûr, elle le sait. C'est elle, après tout, la psychologue de la famille. Si seulement Selma n'était pas comme elle est. Quels que soient l'attention et l'amour que Rahel prodigue à sa fille – il lui en faut davantage. Pendant ses années d'enfance et d'adolescence, il ne se passait quasiment pas une semaine sans un drame existentiel quelconque. Si Selma était malade, elle souffrait *atrocement*. Si Selma avait des peines de cœur, le suicide lui apparaissait comme *la seule issue*. Si elle avait des déboires avec des professeurs, elle était *le seul être au monde* que *personne* ne comprenait et que *tout le monde* traitait injustement. Sa vie se résumait en deux mots : *Toujours moi !*

Dans son cabinet Rahel a souvent affaire à des gens comme ça. Des gens incapables de relativiser ce qui leur arrive. Qui prennent tout personnellement et n'ont que des superlatifs à la bouche. Ils sont en butte aux choses *les plus terribles*, aux *pires* échecs, aux déceptions *les plus affreuses* et à la trahison *la plus cruelle*. Dans le meilleur des cas Rahel réussit à induire chez ses patients un changement de perspective durable. Il est vrai qu'elle y parvient rarement, et en ce qui concerne Selma le résultat est désastreux.

Non, elle n'est pas tombée dans un trou quand Selma a quitté la maison. Elle n'a éprouvé aucun vide ni aucun regret. Face à Peter elle a décrit le moment où la porte s'est refermée sur Selma comme un soulagement, comme la fin d'un combat. Elle se doutait bien sûr que ce n'était pas vraiment la fin, tout juste un armistice.

« Je ne pense pas que ce soit une bonne idée », ose-t-elle dire à présent et elle ajoute que les inévitables conflits avec Selma risqueraient d'accroître leurs propres difficultés. Peter plisse un peu les yeux et s'adonne à son rituel du thé en silence.

Autrefois, Peter savait immédiatement quand il y avait eu un accrochage entre Rahel et Selma. L'état de la maison le lui révélait. Le seul moyen qu'avait Rahel d'échapper à son tumulte intérieur était de restaurer l'ordre à l'extérieur. Après les incidents les plus graves, les robinets de la salle de bains étincelaient et ils auraient pu manger sur le sol de la cuisine. La première fois que Selma s'est scarifié l'avant-bras avec une lame de rasoir, Rahel a lavé les vitres des quatorze fenêtres et nettoyé les appuis à l'intérieur et à l'extérieur.

Peter est arrivé à la maison, a regardé autour de lui et demandé : « Qu'est-ce qui s'est passé ? »

Quand Selma a menacé pour la première fois de se suicider, Rahel a sorti toute la vaisselle des placards de cuisine, vidé le réfrigérateur et les garde-manger et tout lessivé à l'eau bouillante jusqu'au moindre recoin.

Pour couronner le tout, Selma a démarré sa vie amoureuse à quatorze ans. Ses victimes se ressemblaient. C'étaient soit des garçons plus âgés et inaccessibles, soit d'autres qui lui vouaient une admiration sans borne et qu'elle exploitait sans limite. Son style provocant, ses longs cheveux indomptés, son rouge à lèvres cerise formaient un contraste absurde avec l'apparence falote de ces gamins faire-valoir qui lui permettaient de briller d'autant plus. Elle ne tardait évidemment pas à s'ennuyer et rompait dès qu'elle commençait à les mépriser pour leur soumission.

« Allons, insiste Peter, elle pourrait prendre un peu l'air de la campagne. » Il surveille avec une vigilance extrême son thé qui ne doit surtout pas infuser trop longtemps. « C'est notre fille », ajoute-t-il inutilement, il enlève le passe-thé de la théière et le dépose sur une petite assiette.

« Mais alors pas avant vendredi, dit-elle, et seulement pour le week-end. »

Il hoche la tête. « Je l'appelle. »

Il sort avec son bol de thé dans la cour, où la cigogne se colle aussitôt à ses basques.

Rahel allume la radio et s'assied à la table. Aux informations il y a un sujet sur le changement climatique. La glace des pôles fond, le permafrost dégèle, les glaciers des montagnes se transforment en lacs et les incendies anéantissent d'immenses surfaces de forêt. Elle éteint aussitôt. Elle ne peut s'exposer à ce genre d'informations qu'à toutes petites doses, et seulement quand Peter est avec elle. Une des dernières phrases compréhensibles de sa mère lui revient en mémoire.

« Il est vraiment temps de mourir », a-t-elle déclaré après une annonce de ce genre. Elle est morte en effet peu après, sa mère assoiffée de vie, instable, intrépide, frivole et oublieuse de ses devoirs, et quand l'homme chargé de prononcer l'éloge funèbre a voulu savoir ce qui caractérisait Edith, quel était le fil conducteur de sa vie, Rahel n'a pas eu à réfléchir longtemps. *Presque* était le mot qui décrivait le mieux sa mère. Elle était une presque-danseuse, une presque-actrice, une presque-épouse et aussi une presque-mère, malgré la réalité incontestable de ses deux accouchements.

La corrélation qu'elle vient d'établir entre la diminution des glaces polaires et sa mère lui arrache un bref rire solitaire.

« On en revient toujours à la mère », dit-elle à voix haute et elle se demande si c'est aussi le cas pour Selma. Plus que deux jours, et sa fille déboulera ici à grand fracas. Plus que deux jours de tranquillité. Elle finit son café en vitesse et se hâte de monter dans sa chambre.

Pour la première fois depuis son arrivée, Rahel déroule son tapis de yoga. Il n'a plus servi depuis si longtemps qu'il se réenroule tout seul. Elle l'immobilise en posant aux quatre coins les petites haltères qu'elle a apportées dans le but de contrer l'inévitable perte musculaire. Du point de vue génétique, voilà une chose dont elle est sûre, elle a eu de la chance. Combien de fois a-t-elle vu arriver dans son cabinet des femmes plus jeunes qu'elle mais moins bien conservées.

Elle commence la salutation au soleil avec une respiration profonde bras levés. Puis le mouvement opposé, paumes de main au sol devant les pieds. L'étirement ne lui pose aucun problème. Souplesse et grâce lui viennent de sa mère. Tamara tient de son père, un homme grand et anguleux aux gestes raides. Rahel prend la posture du cobra et se sent libérée et ouverte, comme le promet l'exercice. Son père devait être séduisant, c'est ce que lui a raconté Edith. Il était étudiant et a carrément disparu après une seule nuit. Elle ne connaissait que son prénom et ne l'a jamais revu malgré une recherche approfondie. Dans la posture du chien tête en bas, ses plantes de pied sont bien à plat sur le tapis. Elle savoure l'étirement intense. Elle répète le cycle quinze fois, fait quelques pompes et quinze sit-up, et se sent bien vivante.

Après la douche elle s'allonge sur son lit. La fenêtre est ouverte, l'été pénètre dans la chambre. Si la porte s'ouvrait et que Peter vienne s'allonger près d'elle, son bonheur serait complet.

*

Pas un mot. De tout l'après-midi. Il lit, va se promener avec le cheval, nourrit la cigogne, caresse le chat.

Au dîner, il dispose les rondelles de salami sur son pain en prenant soin qu'elles ne dépassent pas du bord. Il coupe le cornichon en tranches qui ont exactement la même épaisseur ; il fend la carotte en deux dans le sens de la longueur, puis chaque moitié en deux, et aligne les bâtonnets à côté des tranches de cornichon.

Une bouchée de pain, un morceau de cornichon, un bâtonnet de carotte. Pain, cornichon, carotte. Pain, cornichon, carotte.

Rahel mord dans une carotte entière et appréhende la soirée.

« Si ensuite on regardait un film ? » demande-t-elle sur le ton le plus neutre possible.

Il mâche consciencieusement sa bouchée jusqu'au bout, avale et s'éclaircit la voix.

« Oui. Si tu as envie.

– Et *toi*, tu as envie de quoi ? »

Son regard l'évite et devient vide. Son indécision la met en colère.

« Regarder un film, c'est bien », dit-il soudain, et il hoche la tête deux ou trois fois, comme pour se convaincre de la vérité de ses paroles. « On ne l'a pas fait depuis longtemps », ajoute-t-il quelques secondes plus tard. Un sourire passe sur son visage et il se remet à manger.

Jeudi

Il est déjà midi quand elle croise Peter pour la première fois. Il revient d'une longue promenade avec Baila mais ne paraît pas du tout reposé. Ses yeux sont cernés.

Après les soirées cinéma il a le sommeil agité, et particulièrement après celle d'hier, semble-t-il.

Il a choisi *Melancholia* de Lars von Trier : dans un château se déroule une fête de mariage qui tourne au drame, pendant qu'une planète errante s'approche dangereusement de la Terre. Elle passe, le danger semble écarté, mais elle revient et pour finir se dirige tout droit vers la Terre. La collision est inévitable, et Justine la dépressive – la mariée – est la seule à envisager la fin du monde avec sérénité. Quand la planète Melancholia heurte la Terre à la fin, elle la détruit. Peter est resté des minutes entières à fixer l'écran. Le générique était déjà terminé quand il est enfin sorti de sa torpeur.

« Je connais ce sentiment. Je le connais très bien », a-t-il dit tout bas.

Rahel est restée un moment éveillée dans son lit à se demander de quel sentiment il parlait. Puis elle s'est endormie, vers trois heures du matin une révélation soudaine l'a réveillée en sursaut. Son cœur battait vite, son dos était trempé de sueur. Elle a allumé la lampe de chevet et attrapé la bouteille d'eau posée au sol. Peter ne faisait pas allusion à la scène finale. Le sentiment qu'il croyait connaître était la dépression.

« Toi aussi, tu as mal dormi ? » demande-t-elle.

Il acquiesce et reste planté devant elle.

« Ce doit être le vin rouge », dit-il avec un coup d'œil en direction de la voiture. « J'irais bien faire des courses. Tu me fais une liste ? »

Rahel gémit. Les habitudes alimentaires de Selma et des enfants font d'une simple liste de courses un problème insoluble, comme une équation à plusieurs inconnues.

Elle est fatiguée rien que d'y penser.

Mais envoyer Peter sans son petit papier est hors de question.

« Il vaut mieux que je t'accompagne. » Elle va dans la maison chercher son sac.

Quand elle revient, il est toujours à la même place. Son sourire cache quelque chose et Rahel songe que surtout dans un couple la somme des non-dits dépasse de loin la somme des choses dites.

Peter réprime un bâillement. Le blanc de ses yeux est strié de rouge.

« Au fond je peux aussi bien rester ici », dit-il.

Rahel ne montre pas sa déception. Elle hoche la tête, monte dans la voiture et démarre. Elle le voit dans le rétroviseur. Il salue d'un bref signe de la main puis fait demi-tour et se dirige vers la maison.

*

Trois heures plus tard elle est de retour. Elle a pris son temps, est allée manger une glace dans la petite ville, s'est assise au soleil avec un café et a même fouiné un peu dans la librairie. Pour la première fois depuis une éternité, elle s'est acheté un numéro de l'hebdomadaire qu'ils aimaient tant lire autrefois. Il y a quelques années encore, Peter rapportait toujours deux ou trois des principaux journaux nationaux en allant à la boulangerie le samedi, et ils n'avaient pas fini de manger qu'ils se réjouissaient déjà de les lire ensemble. À quel moment précis le malaise a commencé, elle ne saurait le dire. Mais il est devenu de plus en plus fréquent que leurs propres expériences ne concordent pas avec ce qu'ils lisaient. Trop souvent ils déploraient le manque d'éthique et de sens des réalités des journalistes, de trop nombreux articles les laissaient avec l'impression d'avoir consommé une simple posture, une fiction, une image rêvée de la réalité, et un beau matin Peter est revenu de la boulangerie avec juste un sachet de petits pains.

Rahel fait le tour de la voiture et ouvre le coffre. Peter n'est nulle part, elle a beau l'appeler, pas de réponse. Un des chats se pointe avec une souris dans la gueule, à part ça tout est tranquille. Rien à faire : avec presque trente degrés, elle ne peut pas laisscr les victuailles dans la voiture.

Quand elle a terminé, elle entend ses pas dans le couloir. Il jette un bref coup d'œil, s'excuse de ne pas l'avoir aidée, puis monte l'escalier et la laisse seule avec ses regrets.

Rahel se prépare à manger en quantité suffisante et une bouteille d'eau sur un plateau, emporte le tout dans sa chambre et passe encore le reste de la journée sans lui. Elle lit d'une traite le roman d'Elizabeth Strout et tombe vers minuit dans un bienfaisant et profond sommeil.

Vendredi

Nuages de pluie au-dessus de la forêt.

Rahel regarde par la fenêtre en se démêlant les cheveux avec les doigts. Aujourd'hui comme par hasard. L'idée de devoir rester à l'intérieur avec Selma et les enfants à cause de la météo ne lui plaît guère. Elle envoie aussitôt un SMS, *Prends des vêtements de pluie pour les enfants*, mais Selma est sans doute déjà en route vers la gare. Penser au déjeuner commun est un autre casse-tête. Pour satisfaire tout le monde, il lui faudrait préparer trois menus différents – un pour Peter et elle, un pour Selma, et un pour Theodor et Maximilian.

Rahel est parfois à deux doigts de prononcer elle aussi les menaces et admonestations des anciens : *Pendant la guerre tu serais mort de faim. On mange ce qu'on vous sert à table.*

Mais Selma et les enfants ont grandi sans connaître le manque. Qu'auraient-ils pu faire, Peter et elle ? Créer un manque artificiel pour leur inculquer la valeur des choses ?

Elle est dans la cuisine, devant le réfrigérateur ouvert, et passe en revue les possibilités. Le seul légume qui plaise à tout le monde est le brocoli. Enfant Selma l'appelait *le petit arbre*, et ses enfants ont adopté à leur tour le mini-chou-fleur vert. Personne n'a rien non plus contre le riz autant qu'elle s'en souvienne, du moment qu'il n'est pas complet. Voilà pour le menu, et quand Peter revient du dehors – d'excellente humeur après sa séance de natation quotidienne –, elle décide de faire de son mieux pour que ce week-end se déroule dans l'harmonie.

Vers onze heures, Peter se met en route pour la gare. Il baisse la vitre du côté du passager et écoute « Über den Wolken » à plein volume.

Une vague d'amour la traverse. Elle est seule à savoir que Peter accompagne toujours le chanteur à voix basse, dès le premier vers – *Wind Nordost, Startbahn null drei, bis hier hör'ich die Motoren*[1]..., et qu'il a chaque fois la chair de poule au refrain.

Debout dans la cour elle suit la voiture des yeux, la

1. *Vent du nord-est, piste zéro trois, le vrombissement des moteurs parvient jusqu'à moi...* C'est le début de la chanson « Au-dessus des nuages », de Reinhard Mey (connu en France sous le nom de Frédérik Mey), auteur-compositeur-interprète allemand né en 1942 et qui interprète certaines de ses chansons indifféremment en allemand ou en français.

cigogne à côté d'elle semble déjà se languir de Peter. Et soudain les larmes jaillissent, presque synchrones avec la pluie. Elles sont tellement inattendues que Rahel émet un petit rire avant que le barrage ne cède. Elle se traîne jusqu'à la maison en sanglotant et laisse libre cours à son désespoir.

*

Quand Selma descend de la voiture avec les enfants, le soleil s'est remis à chauffer avec une ardeur inentamée.

Rahel va à leur rencontre. Faire disparaître les traces de son petit accès de déprime n'a pas été facile, mais grâce aux compresses froides trouvées dans le réfrigérateur ses yeux ont vite dégonflé. Un maquillage coûteux a fait le reste.

La cigogne accueille Peter avec des battements d'ailes frénétiques, et quand le chat brun-roux réclame son dû à son tour, l'oiseau cherche à le pincer.

« Les animaux se disputent les faveurs de ton père », dit Rahel à Selma, avant une brève accolade. Theo et Max attendent près de la voiture. Chacun a un bâton à la main. Ils regardent la cigogne d'un air fasciné, puis foncent sur elle et s'étonnent de la voir prendre le large.

« Elle a eu peur, explique Selma. Si vous approchez très doucement, peut-être qu'elle ne bougera pas. »

Mais leurs petits corps dodus sont déjà repartis, cette

fois en direction du chat qui s'enfuit. Selma secoue la tête en souriant.

« C'est ça les garçons », dit-elle, philosophe.

D'ailleurs elle a étonnamment bonne mine. Être la mère de deux jeunes enfants ne l'a pas marquée. Son rouge à lèvres cerise est éclatant comme toujours, elle a maquillé avec soin des cils déjà épais au naturel – c'est une jeune mère ravissante.

Rahel éprouve un instant de honte. Ses craintes à la perspective de ce week-end lui paraissent tout à coup sans fondement et, pire encore – elle a l'impression d'être sans-cœur. Selma regarde autour d'elle, puis sort son téléphone de son sac et fait la grimace.

« Merde. Pas de réseau ! Saloperie d'internet au rabais ! »

Rahel hausse les épaules. « Si tu vas te mettre là-bas sur le rocher au bord du chemin, ça pourrait marcher. Sinon tu prends mon téléphone. »

Selma acquiesce. « Vous gardez un œil sur les enfants une seconde ? », demande-t-elle et elle s'éloigne sans attendre la réponse.

Quand Selma revient, Rahel a déjà mis la table et elle est en train de couper des fruits pour le dessert. Les garçons se servent sans demander.

« On se lave les mains d'abord ! » dit-elle en leur installant un tabouret devant l'évier. Ils ne lèvent même pas les yeux. Ils engouffrent avec avidité tranches de pomme, morceaux de banane, abricots et framboises, tout en même temps, et pouffent de rire. De la bouillie de fruits leur coule sur le menton. Theo relève son tee-shirt et s'essuie avec. Max l'imite.

Selma s'assied sur la chaise près de la fenêtre, pose son téléphone sur l'appui et demande : « Pourquoi n'avez-vous pas une maison à vous ? Ou au moins un appartement ? »

Peter fait son entrée à l'heure dite. Il sourit et prend lui aussi quelques morceaux de fruits avec une avidité feinte. Theo proteste haut et fort. Peter, que l'insolence de sa fille ne semble pas atteindre, marmonne dans sa barbe : « Parce que nous sommes des Ossis[1]. Personne ne nous a appris qu'il faut aspirer à la propriété. Personne ne nous a enseigné que le mieux est de faire travailler son argent au lieu de travailler soi-même. Les règles de base du capitalisme, ma chère Selma, nous les avons comprises beaucoup trop tard, ta mère et moi. »

Rahel lui jette un regard de gratitude. Elle arrache deux ou trois feuilles du rouleau de papier absorbant, essuie les mains poisseuses des garçons et les pousse vers l'évier.

« Laisse-les donc, dit Selma.

1. Dans le langage courant, « Ossi » désigne un habitant de l'ex-RDA *(Ostdeutschland)*, par opposition à « Wessi », un habitant de la RFA *(Westdeutschland)*.

– Tu veux qu'ils se fassent piquer par les guêpes tout à l'heure ? » grogne Rahel.

Elle débarbouille les gamins récalcitrants avec un gant de toilette.

« En tout cas…, poursuit Selma, mes amis de l'Ouest héritent tous de quelque chose.

– Je n'ai que quarante-neuf ans, susurre Rahel, ce n'est pas de chance pour toi mais j'ai peut-être encore quarante ans à vivre.

– Ce n'est pas ce que je voulais dire, maman.

– Vous hériterez vous aussi, intervient Peter. D'un peu d'argent et d'une bibliothèque bourrée d'éditions originales de grande valeur. Et la bonne nouvelle, c'est que vous avez l'opportunité de tout faire mieux que nous. »

Selma enroule une mèche de cheveux autour de son index droit en silence. Rahel se tait. Une chose est sûre : si Vincent n'était pas aussi dévoué et travailleur, Selma tomberait dans la misère. Après deux semestres d'études en linguistique, lettres et sciences humaines, elle a pris deux ou trois semestres de congé parce que Theo était en route, et quand Theo a eu un an et demi, au moment où elle allait remettre le pied à l'étrier, elle est tombée enceinte de Max.

« Comment va Vincent ? » demande innocemment Rahel en regardant sa fille dans les yeux.

« Bien, bien… Oui, bien. »

Même Peter dresse l'oreille. Elle le voit à sa tête inclinée sur le côté et à ses yeux qui papillotent.

Vincent est une bénédiction pour Selma. Tout le monde le sait, Selma est la seule à considérer avec désinvolture et comme acquis sa présence et son dévouement pour leur petite famille. Ils se sont rencontrés au beach-volley. Vince a été aussitôt conquis par cette fille effrontée en mini-bikini. Après des études express en informatique de gestion, il venait d'entrer comme stagiaire à la Sächsische Aufbaubank[1]. Selma avait dix-neuf ans, à ses yeux il était un homme, un vrai, et quand elle a annoncé vouloir l'épouser quelques semaines seulement après leur rencontre, Rahel a d'abord été stupéfaite, puis soulagée. Vince était comme un filet invisible qui empêche une balle en caoutchouc de rebondir n'importe où. D'un coup, c'en était fini du temps où Rahel restait réveillée dans son lit à cause de Selma.

Maintenant il a grimpé assez haut dans la hiérarchie de la SAB. Rahel n'arrive pas à retrouver la dénomination exacte de son poste, Selma non plus. Il est question de données et de sécurité, elle a au moins retenu ça.

Pour ce qui est d'un héritage éventuel, il y a encore beaucoup moins à attendre de la famille de Vincent. La première fois que Rahel a posé des questions sur ses parents, la réponse de Selma a été : « Des perdants de la chute du Mur. » Et elle a ajouté d'un ton indifférent :

1. La Banque publique de développement de Saxe (ou SAB).

« Le scénario habituel : entreprise fermée, plus de boulot, occasion manquée, maladie, dépression, etc. »

Aujourd'hui Rahel veut lui tirer les vers du nez. « Pourquoi Vincent n'est-il pas venu avec toi ? »

Selma trifouille dans son assiette et marmonne une histoire de travail et de stress. Puis elle se met à manger à toute allure en louchant à intervalles réguliers sur son téléphone. Theo se laisse glisser de son siège surélevé par un coussin, et Rahel stupéfaite voit Selma lui tendre son assiette sous la table.

« Ces temps-ci il aime bien manger sous la table. J'ai lu que c'est une phase normale. On ne doit pas intervenir si on veut que l'enfant se développe de façon optimale.

– Aha. » C'est tout ce que Rahel trouve à dire.

Max, qu'ils ont casé dans une vieille chaise d'enfant, se débat comme un beau diable. Lui aussi veut aller sous la table. Avant que la chaise ne se brise sous ses balancements furieux, Peter extrait l'enfant de son siège et l'assied par terre à côté de son frère.

« Ne t'attends pas à ce qu'on approuve », dit-il à Selma.

Selma s'éclaircit la voix.

« Quand on associe nourriture et contrainte, explique-t-elle lentement en soulignant chaque mot, les enfants développent des troubles alimentaires.

– Presque tous les gens de ma génération devraient donc souffrir de troubles alimentaires », réplique Peter d'un ton calme et gentil, et il ajoute : « Je ne crois pas que ce soit le cas. »

Selma laisse tomber ses couverts.

« Sérieux, papa ? Il faut tout de suite que vous mettiez en doute ce que je dis !

– Ce n'est pas *ce que tu dis* qu'il met en doute, Selma, dit Rahel avec fermeté, c'est l'hypothèse selon laquelle les enfants contraints de rester à table développent des troubles alimentaires.

– S'il te plaît, ne dis pas que je n'en ai pas souffert, maman, poursuit Selma. Tu n'imagines pas ce que ma thérapeute…

– Ta thérapeute ?

– Eh oui ! J'ai entamé une psychanalyse. Ça va durer à peu près trois ans, mais je pense que ça en vaut la peine.

– Une psychanalyse ? » répète Rahel. Au même instant quelque chose de tiède et mouillé atterrit sur son pied droit.

« Beurk ! » fait-elle en reculant son pied. Les garçons sous la table ricanent. Peter soupire et pose ses couverts en triangle sur son assiette, la position qui signifie je-n'ai-pas-fini-de-manger, comme s'il y avait quelque part un serveur prêt à débarrasser son assiette.

« Il y a des limites à tout », dit-il d'une voix lasse. Puis il attrape les garçons et les tire l'un après l'autre de sous la table, les assied à leur place initiale et ajoute un « Maintenant ça suffit ! » peu convaincant.

Tandis que Rahel débarrasse son pied de son emplâtre de brocoli mâché, un film se déroule dans sa tête. Elle sait exactement ce que Selma va déballer pendant les deux cents à trois cents heures de thérapie analytique, et comme elle porte toujours son nom de jeune fille, l'analyste n'aura aucun mal à faire le rapprochement. Secret médical ou pas, il finira tôt ou tard par lâcher lors d'une rencontre avec d'autres thérapeutes que la psychologue et psychothérapeute Rahel Wunderlich a complètement bousillé sa propre fille. Oh, elle est parfois à deux doigts de les dire, ces phrases inutiles et fallacieuses :

Comment peux-tu me faire ça ? Pourquoi es-tu ingrate à ce point ? N'ai-je pas tout fait pour toi ?

Mais ça ne ferait qu'aggraver les choses, et d'ailleurs ce serait mentir.

Quand Peter reprend ses couverts et que même Theo et Max se sont remis à manger plus ou moins proprement, Rahel regarde sa fille dans les yeux et se revoit l'emmenant à l'âge de six semaines, avec Peter, dans leur première voiture achetée à l'Ouest, une vieille Renault 5. Ils sont partis de Dresde un samedi matin en direction de l'est, jusqu'à Sebnitz, à la limite de la Suisse saxonne. Là, la mère de Peter a pris le petit paquet dans ses bras et l'a emporté dans la maison, où tout était déjà prêt. Un lit à barreaux dans la chambre d'amis, du lait en poudre et des biberons dans la cuisine, une table à langer improvisée sur le lave-linge dans la salle de bains. Au début, Peter et Rahel allaient récupérer le bébé les week-ends, mais au bout d'un certain temps, surtout à l'approche des examens, ils ont espacé les voyages et ne sont plus allés à Sebnitz qu'une fois par mois. La mère de Peter décrivait Selma comme une enfant sans problème, gaie comme un pinson, toujours hilare. Lorsque Rahel a entendu bien des années plus tard à l'occasion d'un stage de formation continue que c'était le comportement typique des nourrissons de mères dépressives, ou des bébés exposés pour d'autres raisons à une sévère carence affective, elle a fondu en larmes. La mère de Peter avait lutté de nombreuses années contre la dépression. Lui confier le bébé leur a semblé la meilleure solution à l'époque. Peter et elle pouvaient étudier en paix, la mère de Peter se voyait confier une mission valorisante et Selma était prise en charge au sein de la famille.

« Pourquoi tu me regardes comme ça ? » Selma plisse le front. « C'est flippant.

– Excuse-moi », murmure Rahel et elle retourne à son assiette. *Si tu savais*, pense-t-elle, et il lui vient aussitôt à l'esprit qu'elle ne va pas tarder à savoir. Les analystes commencent par le protoplasme, ce qui signifie dans le cas de Selma : troubles de l'attachement dans la petite enfance.

Selma en comprend-elle la portée ? Jusqu'à présent elle n'a pas souvent abordé la question de la séparation précoce. Une fois – Theo avait six semaines, exactement l'âge de Selma à l'époque –, elle a demandé : « Comment avez-vous pu vous séparer d'un si petit bébé ? » Son regard était fixé sur Theo qui dormait paisiblement sur ses genoux. Puis, après un long silence pensif : « Ça ne t'a pas brisé le cœur ? »

Cette seconde question excluait Peter. Selma considérait donc que seule la mère avait le cœur brisé. Rahel a rétorqué un truc du genre *C'était difficile mais on ne pouvait pas faire autrement*, et bizarrement Selma a tout de suite accepté cette réponse. Ce qui est tout à fait compréhensible du point de vue du psychologue. *Ma mère n'avait pas le choix* est moins douloureux que : *Elle a choisi la voie de la facilité et m'a sacrifiée.*

Nul doute que Selma va bientôt lui recracher tout ça à la figure.

Après le repas, Peter et elle abandonnent la cuisine devenue champ de bataille et vont boire un café sur le banc à côté de la porte d'entrée. Les voix stridentes des garçons leur parviennent d'une des fenêtres à l'étage. Avant que Selma ne s'installe avec eux dans la chambre, Rahel lui a rappelé en douceur que cette maison n'était pas la leur et que la plupart des objets étaient anciens. Selma a soupiré mais n'a pas protesté – signe qu'elle n'ignorait pas les raisons de cette mise en garde.

Peter est assis à un bon mètre d'elle. Il caresse le chat à l'oreille en moins qui bat de la queue contre sa jambe de pantalon sur un rythme monotone. Il ronronne si fort que c'en est presque menaçant. Peter consacre toute son attention à cet animal dépourvu de charme. Autrefois, après un pareil repas, ils auraient échangé un sourire complice et ce sourire entendu aurait souligné leur cohésion. Aujourd'hui, la compagnie d'un vieux canasson, d'un chat amoché et d'une cigogne dépendante suffit au bonheur de Peter.

Le raffut se calme à l'étage et la voix de Selma s'élève. Elle chante une chanson à ses garçons, elle chante si bien que Peter cesse de gratouiller le chat et lève la tête. Rahel cherche son regard et récolte un sourire.

« Elle prend des cours de chant, lui explique-t-il. Elle m'en a parlé dans la voiture. »

Dans la vie de Selma, la liste des activités entamées avec passion est longue. L'enthousiasme a décliné la plupart du temps après quatre à six semaines, et au bout de trois mois au plus tard elle a résilié son abonnement à l'école de musique, de danse ou de sport du moment. Le chant, autant que Rahel s'en souvienne, n'avait encore jamais figuré sur la liste.

Rahel expose son visage au soleil. Elle ferme à demi les yeux et voit un oiseau de proie tournoyer dans le ciel sans nuages. Le silence s'est fait dans la chambre des enfants. Peter va bientôt se lever et se retirer pour faire la sieste. Elle entend les mots avant qu'il les dise, et en effet il les dit, se lève et rentre dans la maison.

C'est le moment de fumer sa cigarette. Elle se hâte vers la cuisine avec sa tasse vide pour se faire un second café, mais Peter y est.

« Je croyais que tu voulais t'allonger », dit-elle, et sa phrase sonne presque comme un reproche.

Il désigne l'évier qui déborde. « Je me voyais mal te laisser seule avec tout ce bazar. »

Ensemble ils mettent la cuisine en ordre. La répartition des tâches est claire, ils ne se gênent pas l'un l'autre. Quand Peter est enfin parti et qu'un café frais fume dans la tasse de Rahel, des pas approchent dans le couloir.

« Et voilà, ils ont fini par s'endormir », dit Selma en se laissant tomber sur une chaise. « Je peux en avoir un aussi ? » demande-t-elle en lorgnant sur le café de Rahel.

Rahel se détourne et ouvre le placard à vaisselle. Elle met un temps exagérément long à trouver une tasse adéquate, et ce faisant contrôle son visage qui ne doit paraître ni content ni agacé, puis elle se retourne vers sa fille avec une expression plus ou moins neutre.

« Tout va bien ? demande Selma. Tu as l'air un peu fatiguée.

– Tout va très bien. » Rahel s'assied à la table à côté d'elle et la sert.

« J'avais complètement oublié à quel point c'est beau ici, constate Selma. Pour les enfants c'est un paradis.

– C'en est un, confirme Rahel en soupirant.

– Dans notre cercle d'amis je suis la seule qui ne peut jamais dire : *Nous emmenons les enfants chez leurs grands-parents à la campagne*, se plaint Selma.

– Toujours *je*.

– Hein ?

– C'est ta perception, ma chérie, explique-t-elle. Tu es toujours *la seule* à qui un truc arrive ou n'arrive pas.

– Mais c'est la réalité !

– En tout cas maintenant tu es ici. À la campagne. Avec les grands-parents.

– Mais ce n'est pas votre maison.

– Il y a toujours quelque chose », répond Rahel sans s'énerver du tout.

Selma recule si vivement que sa chaise manque basculer.

« Ça ne sert à rien, fulmine-t-elle. C'est simple, on ne peut pas parler avec toi.

– Tu reproches aussi aux parents de Vincent de ne pas avoir de maison de campagne ? »

Selma éclate d'un rire hystérique.

« Le père de Vincent est pré-re-trai-té. Et sa mère travaille comme ven-deuse dans une parapharmacie.

Rahel fait l'idiote. « Et ?

– Avec quoi s'achèteraient-ils une maison ? Mais vous ? Papa est professeur, tu as ton cabinet. Je parie qu'à l'Ouest des gens comme vous possèdent au moins un appartement. »

Rahel aimerait que Peter soit là pour donner à cette jeune femme en colère les réponses adéquates.

Une image lui vient à l'esprit : la minuscule Selma hurlant dans son lit à barreaux. Et personne ne vient la consoler. Elle se rappelle la fierté de la mère de Peter racontant qu'à six mois Selma faisait ses nuits, à dix-huit mois elle ne portait plus de couches dans la journée, et elle riait sans arrêt. Quelle enfant agréable, disaient les voisins, un vrai rayon de soleil.

« Je vais à l'atelier », dit Rahel à Selma qui commence à se gratter la tête, ce qui chez elle est toujours signe de nervosité, de colère ou d'ennui. Rahel a procédé à d'innombrables et vains traitements contre les poux à cause de ce geste. Elle se lève en soupirant et quitte la cuisine.

Là-bas le silence l'accueille. Elle referme la porte derrière elle et va directement à l'établi, la cigarette doit être quelque part derrière les livres. La poussière danse dans un large rayon de soleil, et un gros bourdon s'obstine à venir buter contre la vitre. Le regard de Rahel tombe sur le bout de papier : *Priez sans relâche !*

Où a-t-il été chercher cette phrase ? L'inspire-t-elle ? Considère-t-il la prière comme nécessaire pour une raison ou une autre ?

Penser à Viktor plutôt qu'à Selma lui fait du bien. L'image qu'elle a de lui est très vivante, même si ce n'est pas sous son apparence actuelle. Elle revoit toujours Viktor comme un homme d'une quarantaine d'années en pleine santé – grand et imposant, mal rasé, avec des yeux d'un bleu vif au regard bienveillant et des cheveux mi-longs attachés dans la nuque.

Il était membre de la VBK, l'union des artistes plasticiens de la RDA. Il a gagné des prix et pu se rendre de temps en temps à l'étranger pour des séjours d'études dans des pays non socialistes. Avant même la chute du Mur il est allé au Louvre à Paris. Elle le sait très bien car il lui a rapporté quelque chose. Un poster de la Victoire de Samothrace, dont elle n'a pas su quoi faire à l'époque, mais qu'elle a fait encadrer par la suite et accroché dans la cuisine de son premier appartement.

Viktor avait toujours du travail et – contrairement aux artistes contestataires – ne manquait quasiment jamais d'outils ni de matériel grâce à son appartenance au VBK. Edith et Ruth se sont disputées un jour à ce propos. Edith avait qualifié Viktor d'*artiste officiel*, et Ruth, parangon de maîtrise, a perdu son sang-froid et trouvé des mots très durs pour qualifier Edith et son amant de l'époque, qui était artiste lui aussi mais beaucoup moins apprécié du régime.

Au début des années quatre-vingt-dix, Viktor a traversé une grave crise. Parce que l'argent manquait, il a dû accepter des commandes privées et sculpter des statues pour les jardins de propriétaires nouveaux riches. Les petites reproductions de la Vénus de Milo ou du David de Michel-Ange plaisaient beaucoup et sa consommation d'alcool et de cigarettes, jusque-là modérée, a augmenté de façon alarmante. Ses clients ne s'intéressaient pas du tout à ses créations personnelles. Trop encombrantes, trop abstraites, pas assez plaisantes. Ruth et lui devaient bien vivre de quelque chose.

Ruth avait perdu son travail peu après la Réunification, quand la maison de la culture du district, où elle donnait des cours de ballet et qui était régie par un combinat, avait fermé en même temps que le combinat.

Viktor a dû attendre une bonne dizaine d'années pour que le vent tourne. On s'est brusquement souvenu de lui, semble-t-il, dans les années deux mille, on l'a invité à des expositions, des journaux lui ont consacré des articles et un galeriste berlinois est venu le trouver à la campagne avec un projet de contrat dans la poche. Il est devenu célèbre d'un coup, quasiment du jour au lendemain.

Rahel tient enfin la cigarette entre ses doigts. Elle fait pivoter sa main d'un côté et de l'autre, saisit son briquet.

« C'est quoi ça, maman ? La cigarette du stress ? »

Selma est sur le seuil de la porte qui vient de s'ouvrir. Un courant d'air chaud caresse les bras de Rahel. Elle voit un des chats se faufiler à côté de Selma et disparaître quelque part derrière la grande statue de Ruth.

« Attention, le chat ! s'écrie-t-elle. Comment allons-nous réussir à le faire ressortir ?

– En laissant la porte ouverte », dit Selma qui entre d'un pas nonchalant.

Rahel pose cigarette et briquet.

« Ça doit être génial de créer comme ça à partir de rien », dit Selma après avoir jeté un coup d'œil circulaire.

Elle effleure une sculpture en bois inachevée sur une des tables. Puis se retourne brusquement vers Rahel : « Moi je ne suis vraiment bonne en rien », et elle ajoute après quelques secondes : « Si ce n'est en dessin, peut-être. »

Du coin de l'œil Rahel voit le chat passer à toute allure. Par chance il se dirige vers la sortie.

« Oh oui, tu as toujours été bonne en dessin, confirme-t-elle. Tu chantes très bien. Et puis tu es aussi… une mère aimante. »

Les trois derniers mots dits à voix basse, presque un murmure. Quand elle voit le bref éclat dans les yeux de sa fille, Rahel a envie de la prendre dans ses bras et de lui demander pardon. Mais ensuite ? La boîte de Pandore serait ouverte, Selma se noierait dans l'auto-apitoiement, personne n'y gagnerait.

Rahel se rapproche un peu de Selma et observe la sculpture.

« Elle est en bois de souche », dit Selma.

Rahel hoche la tête et renonce à la corriger. C'est de la loupe, que la plupart des gens désignent à tort comme du bois de souche. En y regardant de plus près, Rahel reconnaît la forme d'un chat roulé en boule. La surface est lisse et sombre, la texture incroyablement belle. Seule la tête du chat paraît inachevée. Selma passe les doigts dessus.

« Mais regarde, c'est celui qui n'a qu'une oreille !

Voilà un super cadeau pour l'anniversaire de papa ! Tu demandes à Viktor si on peut l'acheter ?

– Je ne sais pas si Viktor est accessible à ce genre de requête en ce moment. Je ne sais même pas ce qu'il peut comprendre et s'il est capable de parler. »

Rahel déglutit. Son esprit refuse catégoriquement l'image du vieux patient infirme pour cause d'attaque cérébrale. *Parce que, conclut-il d'un ton tranchant, ce qui ne doit pas arriver n'arrive pas*, dirait Peter, montrant au passage la richesse illimitée de son réservoir de citations.

« Selma ? » C'est Peter qui appelle. Il surgit à la porte une seconde plus tard, avec Theo dans les bras.

« Oh mon poussin ! » dit Selma en prenant le petit garçon des mains de Peter.

« Max dort encore. »

Peter a les cheveux en bataille, la chemise boutonnée de travers. Theo a dû l'arracher à sa sieste. L'enfant se blottit un instant contre sa mère en suçant son pouce. Mais au bout de quelques secondes il se dégage et veut descendre. Ce petit galopin lâché dans le sanctuaire de Viktor – c'en est trop pour les nerfs de Rahel ; elle le pousse en douceur vers la sortie avant qu'il ait pu faire des dégâts. Selma les suit, sa désapprobation devant un tel bannissement se lit sur son visage.

Ils vaquent chacun de leur côté jusqu'au dîner. Peter est parti se promener avec Baila et Theo, Selma et Max sont allés se baigner.

Rahel travaille au jardin. La pluie a tout rafraîchi. Elle va et vient munie d'un sécateur et d'un seau à déchets, coupe les fleurs fanées et les tiges mortes, supprime les feuilles jaunies des rhododendrons, fertilise les hortensias et les roses et rapporte une poignée de lavande dans sa chambre, où elle l'enveloppe dans un mouchoir qu'elle glisse entre ses vêtements. Hier une mite volait dans la pièce.

Elle décide d'aller mettre aussi de la lavande dans la chambre de Peter, mais entend le téléphone sonner en bas.

C'est Ruth. Elle s'enquiert brièvement des animaux, lui demande si Peter et elle vont bien, évacue la nouvelle de la présence de Selma avec un « Oui oui, pas de problème » impatient, et en vient sans détour à Viktor.

« Il n'est plus le même », dit-elle, et elle se tait un long moment. Rahel écoute le silence avec une telle attention qu'elle en oublie de respirer. Viktor est capable de marcher, certes, mais à pas lents et en boitant, il est capable de parler, mais uniquement des phrases courtes, il est capable de manger, mais oublie de le faire. Il est tout à fait conscient de son état, la création artistique c'est terminé pour lui. Sa motricité fine est détruite, manier des outils est devenu impossible. La neurologue et le physiothérapeute lui ont laissé quelques espoirs, mais l'échéance lointaine qu'ils évoquent l'a découragé.

« Cet homme est toute ma vie, Rahel », murmure Ruth. « Mais voilà… il n'est plus… le même. »

Elle se tait à nouveau et Ruth croit entendre un sanglot étouffé, mais quand Ruth lui dit au revoir, sa voix est ferme et décidée comme toujours.

Rahel a plus d'affinités avec les natures combatives qu'avec les pleurnichards. Au cours de sa laborieuse puberté, Selma aussi a fini par le comprendre.

« C'est bizarre que tu aies choisi de devenir psychologue », a-t-elle dit un jour en enfournant une poignée de chips, et elle a ajouté la bouche pleine : « Alors que tu n'aimes que les vainqueurs. Tu n'as aucun respect pour les faibles. »

Rahel ne s'est pas défendue. Même si c'est faux ; la victoire lui importe peu, c'est le combat qu'elle respecte.

Elle sort dans la cour et voit Peter revenir avec Baila. Theo est assis fièrement sur le cheval, cramponné à la crinière. Un « Brrr ! » énergique fait stopper la jument, et l'enfant se laisse glisser de son dos tout droit dans les bras de Peter.

« On est même allés au trot ! raconte Peter. Ce garçon est absolument intrépide. »

Il secoue la tête en riant et emmène Baila à l'écurie.

Selma arrive à son tour en chantant, elle vient de la maison avec Max sur les épaules, s'accroupit pour le faire descendre et l'instant d'après elle a Theo dans les bras. Il ne faut pas s'étonner qu'elle soit aussi souvent épuisée et à cran. Les enfants sont scotchés à elle. Ils sont accrochés à son dos, assis sur ses épaules ou réclament ses bras. Alors que tous deux savent marcher depuis longtemps.

Rahel n'a connu ce genre de proximité ni avec Selma, ni avec Simon. Elle aurait pu, mais à l'époque personne ne trimballait ses enfants. Ils étaient couchés dans leurs berceaux et leurs landaus, plus tard debout dans leurs parcs jusqu'au moment où ils savaient enfin marcher tout seuls. C'était le début des années quatre-vingt-dix, on avait autre chose à faire à l'Est que de vadrouiller partout avec les bébés. Ils pouvaient déjà s'estimer heureux d'être nés ! Vers la fin de la RDA la courbe des naissances a connu une baisse vertigineuse. Parmi les anciennes camarades d'école de Rahel, beaucoup n'avaient qu'un seul enfant, et certaines aucun.

*

Le dîner se déroule dans un calme étonnant. Theo enfourne sa tartine au pâté de foie morceau après morceau et mastique avec délectation. Selma glisse de temps en temps une tranche de concombre ou de pomme entre deux bouchées. Max, à qui on a bien fait de mettre une bavette à manches, patauge avec sa cuillère dans sa semoule à la compote de pommes. Selma plaque la main sur son verre quand Peter veut lui servir du vin.

« Vous savez que vous êtes alcooliques ? » demande-t-elle sur un ton gentiment supérieur qui fait rire Rahel malgré elle.

« Riez pas, dit Selma.

– *Ne* riez pas », corrige Rahel.

Ils continuent à manger comme si de rien n'était, et Peter raconte à nouveau dans les moindres détails sa balade avec Baila et Theo, la peur de la jument devant les affûts perchés, les bâches qui claquent au vent, les tas de bois et les oiseaux qui s'envolent. Elle faisait chaque fois un bond de côté, couchait les oreilles, Theo riait et criait « Et hop ! ».

Entendant qu'on parle de lui, il sourit d'un air malicieux et répète à deux ou trois reprises : « Et hop ! »

Vers huit heures, Selma va coucher les enfants. Elle a dû s'endormir avec eux, en tout cas elle ne revient pas. Peter se retire à son tour. Rahel attend jusqu'à dix heures avant de gagner sa chambre, mi-déçue mi-soulagée.

On ne sait jamais où peuvent mener les conversations avec Selma, et demain est un autre jour.

Samedi

Il s'est remis à pleuvoir pendant la nuit et quand Rahel ouvre la fenêtre de sa chambre au matin, la forêt lui envoie un souffle d'air pur et frais.

Elle a dormi avec des bouchons d'oreilles à cause des enfants. Peter lui a recommandé ce moyen de s'isoler du monde. Lui-même ne peut plus s'en passer depuis des années. Désormais, elle sait elle aussi apprécier le calme. Se sentir comme enveloppée dans du coton et diriger son écoute vers l'intérieur, ne plus devoir être prête à se lever la nuit, ça fait du bien après vingt ans ou presque passés à élever des enfants. C'est à Selma d'assumer les humeurs nocturnes de Theo et Max.

La journée d'hier s'est déroulée dans une telle harmonie que Rahel accueille avec joie celle qui s'annonce. Elle déroule son tapis de yoga et s'étire. On entend dehors le cri d'une buse et un claquement de sabots sur les pavés de la cour. Peter emmène Baila au pâturage. Sa compassion pour la jument croît de jour en jour.

« Un animal grégaire sans troupeau », a-t-il dit hier

en secouant la tête. « S'il y avait au moins un deuxième cheval.

– Mais elle t'a, toi », a répliqué Rahel avec un petit sourire, et elle a écopé d'un regard lourd de sous-entendus.

Le bruit des sabots se perd dans le lointain et la buse se tait à son tour. Mais les voix des enfants résonnent dans la cour.

« Venez, on va voir si les poules ont pondu des œufs ! », crie gaiement Selma, et ils accourent aussitôt en hurlant.

Rahel est seule dans la maison. Debout sur le tapis, les jambes écartées à largeur de hanches, elle étire les bras vers le haut, inspire et commence le cycle de mouvements familiers. Elle répète dix fois l'enchaînement de la salutation au soleil et se sent regonflée et armée pour la journée.

Dans la cuisine elle trouve Peter qui lui caresse brièvement le bras en passant devant elle. La sensation de ce contact se prolonge plusieurs minutes et, quand elle s'assied à table en face de lui, l'espace entre eux semble avoir diminué. La porte s'ouvre et Selma et les garçons font irruption dans la douceur de ce matin.

*

Après le petit déjeuner, Rahel s'attaque à une autre des plates-bandes laissées à l'abandon tandis que le reste de la famille se met en route vers le lac.

« J'irai peut-être faire un tour au centre commercial », crie Rahel dans leur dos, et Selma se retourne : « Arrête de dire centre commercial, clame-t-elle. Ça s'appelle un su-per-mar-ché ! »

Rahel s'affaire une bonne heure sur sa plate-bande. À la fin elle s'agenouille devant et contemple le résultat ; elle pose ses mains sur la terre humide et souple, y enfonce les doigts et reste un moment immobile. Elle s'imagine tirant son énergie de la terre comme une plante. Elle sourit du tableau qu'elle offre, mais personne ne la voit, personne ne s'en offusque. Puis – obéissant à une inspiration soudaine – elle se lève, se lave les mains dans un des réservoirs d'eau de pluie et va dans l'atelier.

Rahel examine les dessins, l'un après l'autre. Elle s'attend à ce qu'ils lui parlent. Ceux où on la voit enfant provoquent en elle une douleur cuisante. Le visage de la petite fille exprime une maturité précoce. Viktor a rendu visible un désarroi dont elle se souvient très bien.

Sa mère aurait pu l'en préserver. Elle-même n'aurait pas dû la laisser partir comme ça. Si Ruth n'avait pas été là tout le temps, n'était pas restée scotchée au chevet de la mourante, Rahel aurait peut-être eu le courage d'insister une dernière fois. Edith n'a jamais vraiment réussi à lui faire gober l'histoire selon laquelle toutes les recherches pour retrouver son père ont été vaines.

Maintenant il est trop tard. Edith a emporté la vérité dans la tombe.

Et si c'était Viktor ? Edith en aurait bien été capable.

Elle remet les feuilles dans le tiroir, prend une cigarette dans sa main, la tourne et la retourne indécise, la repose. L'idée est monstrueuse. Un mensonge de cette taille, et de toute une vie. Elle s'appuie des deux mains contre le meuble à dessin. Puis retraverse la cour en trombe, entre dans la maison et monte dans sa chambre. Elle cherche fébrilement son téléphone et compose le numéro de Tamara.

« Allô Tamara », et elle va droit au but : « Je vais te poser une question et j'aimerais que tu me dises absolument la vérité. C'est vraiment…

– Merci de me demander, Rahel, l'interrompt Tamara. Je vais bien, vu les circonstances. Bernd, tu pourrais vérifier que le riz ne brûle pas ? Je suis au téléphone avec ma sœur. Voilà, je suis à toi.

– Tamara, s'il te plaît !

– Bon. Qu'est-ce que tu veux savoir ?

– Sais-tu qui est mon père ? Notre mère t'en a-t-elle parlé ?

– Enfin ! Crois-tu que je te l'aurais caché ? »

Rahel inspire une goulée d'air. « Je ne sais pas. C'est pourquoi je te le demande.

– C'est typique. Tu me soupçonnes toujours du pire. Autrefois j'étais soi-disant toujours jalouse de toi et de ton mari et de tes enfants géniaux, maintenant je suis une menteuse par-dessus le marché.

– Je n'ai pas dit ça.

– Mais ça revient au même, Rahel. »

Elle fait une pause et ajoute d'une voix lasse : « Je n'ai pas la moindre idée de qui est ton père, Rahel. Notre mère ne m'en a jamais parlé. Et pour le moment j'ai d'autres soucis beaucoup plus graves. Bernd a la vue qui baisse. Son champ visuel se réduit de plus en plus. Dans un ou deux ans il sera aveugle. Notre fils arrive à peine à payer son loyer, constructeur de stands quand il n'y a pas d'expositions... Ouais, la pandémie en touche certains plus durement que d'autres. Voilà où nous en sommes, Rahel. Je suis bientôt la seule ici à gagner de l'argent.

– Je suis désolée, Tamara. Sincèrement, ça me désole.

– Enfin bon, c'est comme ça. Maintenant il faut que je retourne à la cuisine. »

En reposant le téléphone, Rahel sent une vague de chaleur lui traverser le corps. Ce qui tombe sous le sens ne lui est pas venu à l'esprit : elle aurait dû proposer à Tamara de l'aider. Elle commence aussitôt à taper un message, mais avant qu'elle ait pu l'envoyer Selma entre.

« Je peux te parler, maman ? »

Elle passe devant Rahel sans attendre sa réponse, et s'assied sur le lit.

« Je vais peut-être quitter Vince. » Elle lève la tête et croise les bras. Puis éclate en sanglots. Des sanglots à fendre l'âme. Tout son corps est secoué, ses mains tremblent, et Rahel va vite s'asseoir près d'elle et l'attire dans ses bras.

*

Quand Selma monte à l'étage avec les enfants après le repas de midi, Peter et Rahel restent dans la cuisine. Il met les assiettes dans le lave-vaisselle, elle prépare du café. Ils vont s'installer dehors, sur un banc derrière la grange.

« Il faut que tu la dissuades, dit Peter d'un ton suppliant, elle n'a pas *une seule* raison valable... Ses *sentiments* auraient soi-disant changé. » Il agite les mains dans le vide. « Ses sentiments ! Changé ! S'il te plaît, explique-lui que c'est normal. Les sentiments changent. Nos sentiments aussi ont changé. »

Rahel lui lance un regard méfiant qu'il semble ne pas remarquer.

« Mais ils ne font plus l'amour », fait-elle observer, « et elle est tombée amoureuse...

– Bon, eh bien ils ne vont plus faire l'amour pendant un temps. Quant à tomber amoureuse...

– Peter ! Elle est jeune. Ce genre de chose a encore son importance. »

Il secoue la tête.

« On nous reproche toujours, à nous les hommes, d'être menés par nos pulsions, mais je commence à me demander si les femmes ne nous dépassent pas également dans ce domaine. »

Elle est sur le point d'éclater de rire mais la hargne inhabituelle de Peter la retient.

« Bien sûr vous le dites avec d'autres mots, poursuit-il. Chez vous ça s'appelle émancipation !

– Qu'est-ce qui te prend tout à coup ? » Rahel s'écarte un peu de lui.

« Rien. Je ne vais pas rester les bras croisés à regarder notre fille détruire sa famille sur un coup de tête. D'ailleurs notre appartement n'est plus adapté pour accueillir autant de monde.

– Qu'est-ce que tu veux dire ?

– Ah ! Elle ne t'a pas dit ? Elle voudrait s'installer chez nous avec les enfants dans un premier temps. En fin de compte elle n'a ni boulot ni argent. »

Le « Non ! » de Rahel est catégorique. Elle entend à peine ce que Peter dit ensuite. Tandis qu'il épilogue sur la versatilité de Selma qu'elle doit tenir en partie d'Edith, une image s'impose à l'esprit de Rahel : son appartement plongé dans le chaos, Theo et Max la bouche et les mains barbouillées de chocolat, elle-même debout aux fourneaux et Peter allant se réfugier dans sa chambre. Selma est la seule qui manque au tableau. « Non, c'est impossible », s'entend-elle dire d'une voix qu'elle ne reconnaît pas.

« Ce serait possible en cas d'urgence, rétorque Peter.

Mais ce n'est pas un cas d'urgence. Elle s'est entichée d'un fumiste, un soi-disant artiste qui fait je ne sais quoi.

– Des installations électro-acoustiques, explique Rahel.

– Des installations électro-acoustiques ! » répète-t-il agacé et il ajoute : « Le boulot idéal pour nourrir une famille. La stabilité garantie. »

Rahel pose la main sur son bras, il la repousse.

« Je vais marcher un peu », marmonne-t-il et il se lève, traverse en diagonale la prairie voisine, direction la forêt.

Rahel revient vers la maison dans une humeur automnale. Elle prend un détour et voit de loin Selma debout sur le rocher. Le téléphone contre l'oreille, elle oscille dangereusement, fait de grands moulinets avec son bras libre et rejette sans arrêt la tête en arrière. Prise d'une paresse subite, Rahel passe son chemin. Un spectacle étrange et inopiné s'offre à elle : la cigogne se pavane dans la cour, flanquée de quatre chats. Elle semble avoir gagné en assurance ces derniers jours. Elle met le cap sur la porte d'entrée avec un culot incroyable et arrivée sur le seuil bat furieusement des ailes. Les chats s'égaillent en feulant, on entend Baila hennir au loin. Qu'est-ce qui se passe ? Une conjuration, les prémices d'une révolte ? Rahel s'approche à pas de loup en faisant « Pschtt ! Pschtt ! » pour chasser Maître Adebar. La chaleur est telle à présent qu'elle n'a plus qu'une envie : rentrer dans la maison. Cet obstacle inattendu la contrarie. « Pschtt ! Pschtt ! » répète-t-elle mais la cigogne ne s'écarte pas. Rahel attrape un balai posé contre le mur et l'agite dans sa direction pour la chasser. La cigogne finit par s'éloigner sans hâte sur ses échasses, pas impressionnée pour deux sous, mais la voie est libre.

Arrivée dans sa chambre, Rahel s'allonge sur son lit. Peter est dans le vrai – il faut faire entendre raison à Selma. Elle ferme les yeux et concocte quelques phrases judicieuses, truffées de tout ce que lui a enseigné son expérience professionnelle : louange et valorisation, et acceptation de toutes les incohérences. Elle se prépare aussi mentalement aux accusations et se jure d'encaisser avec calme même les griefs les plus exagérés.

Elle vit ça au quotidien dans son cabinet. De quoi n'accuse-t-on pas les parents ! Selon les critères d'aujourd'hui, on aurait dû retirer son droit de garde à Edith. Et à la moitié des autres parents aussi. Une louange mesurée suscite déjà l'indignation. Une jeune patiente s'est plainte récemment que ses parents ne la complimentaient jamais que pour des réussites exceptionnelles. *Mais pour quoi d'autre ?* a failli répondre Rahel, elle s'est ravisée à temps et a formulé la chose différemment.

« Je suppose que les compliments avaient donc pour vous une valeur tout à fait exceptionnelle. »

Ne recueillant qu'un haussement d'épaules, elle a questionné plus avant

« Auriez-vous pris vos parents au sérieux s'ils vous avaient complimentée sans arrêt pour des choses allant de soi ? Leurs compliments auraient-ils encore compté pour vous ? »

La jeune femme a commencé par se mordre la lèvre inférieure, a haussé de nouveau les épaules. Rahel lui a suggéré de creuser la question à la maison. Comme beaucoup, cette jeune patiente évaluait tout à l'aune de l'idéal et non du réel. Avec pour conséquence inévitable : l'échec.

Chez Selma aussi elle découvre ce genre de propension. Rahel répète à voix basse le discours qu'elle va lui tenir. Avec des phrases courtes, limpides, gentilles, elle construit à sa fille une passerelle de communication. Elle ferme les yeux, son murmure se transforme peu à peu en bredouillement, puis ses pensées se brouillent et elle tombe dans un sommeil superficiel.

Quand elle se réveille en sursaut, elle a l'impression d'être couchée depuis des heures, mais trente minutes seulement se sont écoulées. Elle relève ses cheveux devant le miroir et s'applique une compresse de crème sous les yeux en tapotant du bout des doigts.

Selma est assise à la table de la cuisine, le regard fixe. « Il veut les enfants, lance-t-elle sans laisser à Rahel le temps de s'asseoir.

– Qui veut les enfants ?

– Vincent !

– Reprends lentement, du début.

– Vince et moi nous sommes disputés au téléphone et je lui ai dit que je ne savais pas si nous allions pouvoir continuer comme ça, alors il a dit, tu peux t'en aller mais les enfants restent avec moi.

– Attends. Vous ne pouvez pas discuter de ça au téléphone. Tu ne vas quand même pas quitter ton mari par téléphone. » Elle imagine Selma debout sur le rocher, la robe volant au vent et le téléphone contre l'oreille. Elle secoue la tête malgré elle.

« Il m'a provoquée et…

– Comment ça, provoquée ?

– Il voulait savoir si Theo et Max ne se couchaient pas trop tard. S'ils ne marchaient pas pieds nus, parce qu'ils ne sont pas encore vaccinés contre le tétanos, oh – rien que des trucs comme ça. Il sait toujours tout mieux que les autres ! »

Rahel se tait.

« Oui je sais », ajoute Selma virulente, « papa et toi mettez Vince sur un piédestal.

– Nous l'apprécions, ce qui veut dire aussi que nous t'estimons. Après tout c'est toi qui l'as choisi.

– Je me suis trompée, maman !

– Vous avez deux enfants, on ne peut pas vraiment parler d'erreur. »

Rahel n'a pas entendu Peter arriver. Son visage est rouge, sa chemise par ailleurs impeccable est tachée de sueur sous les aisselles. Il prend un verre, le remplit au robinet et le vide d'un trait. Puis vient s'asseoir avec elles.

« Les enfants ne sont pas une erreur, évidemment, reconnaît Selma.

– Eh bien, voilà un bon point de départ. » Peter caresse les cheveux de Selma et dans la demi-heure qui suit elle ne repousse au moins pas de manière directe les suggestions de ses parents pour résoudre le conflit. Peu avant qu'un vacarme soudain dans la cage d'escalier ne les fasse sursauter tous les trois, Rahel lui a même fait accepter une thérapie de couple.

À la vue des enfants le visage de Selma s'éclaire. Max n'a rien d'autre sur lui qu'une couche qui pendouille de façon suspecte et une botte en caoutchouc nettement trop grande au pied droit, Theo porte la botte gauche correspondante, à part ça il est nu. Il escalade prestement les genoux de Selma. De cette position sûre il repousse d'un air sévère les tentatives maladroites de Max pour grimper à son tour. Chaque fois que les petites mains de Max se cramponnent à la robe de Selma, Theo écarte son frère avec vigueur.

« Non, Theo », dit Selma d'une voix douce en l'embrassant. Rahel inspire une goulée d'air, attrape Max et le soulève.

Ne me fais pas grand-mère trop vite. J'ai besoin d'une pause de dix ans minimum, c'est une des dernières phrases qu'elle a dites à sa fille le jour où Selma a quitté la maison parentale. Elle ne croyait pas vraiment que Selma s'y tiendrait, mais elle voulait l'avoir dit.

Max n'est pas du tout satisfait de ce dénouement.

« Mamaaaan ! » pleurniche-t-il, les bras tendus vers Selma. Que de force dans ce petit corps ! Rahel a beau le tenir serré contre elle, il s'arrache presque à son étreinte.

« Mamaaaan ! » Theo se colle encore plus contre sa mère et regarde son frère avec une curiosité glaciale. Aucune trace d'empathie. Selma soupire, puis dépose Theo par terre.

« Je retourne au rocher », dit-elle, elle attrape son téléphone et disparaît.

Avant que les enfants aient pu lui courir après, Peter ferme la porte et se poste devant tel un gardien. Rahel leur promet de leur faire des crêpes. Ce qui les calme pour un temps.

« Qui appelle-t-elle ? Vincent ou l'installateur ? demande Peter.

– Vincent c'est mon papa ! » explique Theo.

Rahel lance à Peter un regard acéré et pose l'index sur ses lèvres. Le petit garçon est plus attentif qu'elle ne le pensait.

« Monte donc t'habiller », lui dit-elle. Puis elle sort les ingrédients pour les crêpes et envoie Peter et Max à la salle de bains changer la couche.

Theo revient dans la cuisine d'un pas titubant, il n'a sur lui qu'un tee-shirt.

« Tu sais, Mamie ? » Il crie pour couvrir le bruit du batteur.

« Quoi donc ? répond Rahel.

– Mon papa il pleurait. »

Elle éteint le batteur et se tourne vers lui. Theo se frotte les yeux et imite des sanglots bruyants.

« Et ma maman elle faisait comme ça. »

Il attrape une tasse sur la table et la jette par terre avant que Rahel ait pu l'en empêcher. La tête penchée sur le côté, il considère les débris.

« Cassée », constate-t-il puis il grimpe sur une chaise et s'assied le dos bien droit.

« Les adultes aussi se disputent, exactement comme Max et toi. Mais ils se réconcilient aussi », dit Rahel sans grande conviction. Elle balaie les débris.

Quand la première crêpe dorée disparaît peu à peu dans la bouche de Theo, elle respire. Tout le monde le dit : petits enfants, petits soucis. Grands enfants, grands soucis. Que Selma ne se maîtrise pas même devant ses enfants n'est pas bon signe.

Elle met la question de côté pour le restant de la journée. Peter semble aussi peu désireux qu'elle de poursuivre la conversation. L'harmonie se maintient jusqu'au soir, dure au-delà du repas et jusqu'à l'heure du coucher. On verra demain, pense Rahel avant d'éteindre la lumière.

Dimanche

Theo et Max déboulent dans la pièce en pleine salutation au soleil.

« Je reviens tout de suite », crie Selma du couloir.

Les garçons sautent sur le tapis avec Rahel et se lancent dans des acrobaties endiablées.

« Où est Papi ? demande Rahel dans l'espoir de se débarrasser des deux gamins.

– Avec les poules », s'écrient-ils d'une seule voix. Ils commencent aussitôt à se chamailler et Rahel leur abandonne le tapis en soupirant. Elle va dans la salle de bains contiguë et s'examine dans le miroir. *Je ne me retournerais pas sur moi dans la rue*, pense-t-elle.

Sauf coup de chance, elle ne sera plus jamais désirée. Ne s'abandonnera plus jamais à l'ivresse d'une passion. Elle se jettera plutôt sur ses petits-enfants comme tant de femmes vieillissantes, trouvera une autre forme de plénitude en prenant soin de ces jeunes pousses vigoureuses et oubliera petit à petit ses propres besoins. Résultat : cet oubli annihilera peu à peu sa féminité et on ne la considérera bientôt plus comme une femme, mais seulement comme une petite grand-mère.

Elle prend une serviette et se la pose sur le crâne. Puis elle passe la tête par la porte en faisant une horrible grimace, à sa vue les enfants interrompent leur chahut et poussent des cris d'orfraie.

Plus tard, ils se retrouvent tous dans la cuisine. Selma a un air reposé, carrément radieux, qui n'échappe pas non plus à Peter.

« Tu es bien guillerette ce matin », dit-il.

Selma sourit et hausse les épaules comme pour dire : Pourquoi pas ? Ses facéties joyeuses avec les enfants et son solide appétit éveillent la méfiance de Rahel. Quand les garçons ont terminé leur assiette de bouillie d'avoine et courent dehors, elle la questionne sans détour. Visiblement Selma s'y attendait.

« Je crois… », explique-t-elle d'un ton solennel, « … que je sais enfin ce que je voudrais faire comme métier. »

Peter surpris hausse les sourcils.

« Ah ! laisse échapper Rahel.

– Vous savez que j'aime le dessin. J'ai dessiné récemment une histoire en images pour Theo. Et à Leipzig il y a une filière Arts du livre et illustration…

– À Leipzig ?

– Oui, à Leipzig ! » confirme Selma avec un air de

défi et elle jette un regard noir à Rahel. « De toute façon, Leipzig doit être beaucoup plus cool que Dresde.

– Et les enfants ? demande aussitôt Rahel.

– Il faut qu'on voie… Je n'ai pas encore réfléchi à tout.

– C'est ce qu'il me semble », remarque Peter.

Le regard de Selma va de l'un à l'autre. Elle pince les lèvres et ferme à demi les yeux.

« Vous êtes vraiment des… des…

– Des petits-bourgeois ? » demande Peter en souriant, et il ajoute : « Nous sommes tes parents, Selma, pas tes copains. Notre devoir n'est pas d'abonder toujours dans ton sens mais de te dire aussi parfois des choses qui te déplaisent. »

Selma se rue dehors sans ajouter un mot. Ses revirements sont impossibles à suivre. Hier encore elle pensait qu'une thérapie de couple pourrait être utile, et aujourd'hui – sans doute après une conversation téléphonique avec son électroacousticien – elle veut révolutionner sa vie. Rahel enfouit son visage dans ses mains et reste assise sur sa chaise en silence.

« Hé », Peter pose la main sur son épaule, « tu sais bien comment elle est. Beaucoup de bruit pour rien.

– Je n'en suis pas si sûre », murmure-t-elle.

Elle n'a jamais pu supporter cette façon qu'a Selma de claironner sans filtre les idées les plus inabouties. Elle avait presque oublié la force qu'il lui faut pour garder son calme dans ce genre de situation.

Par la fenêtre elle voit Selma avec Max dans les bras. Il presse ses petites mains sur les joues de sa mère, dit quelque chose qui la fait rire et se dégage presque aussitôt de son étreinte.

Un frisson glacé traverse Rahel. Elle n'y avait plus pensé depuis longtemps – elle aussi pourrait aujourd'hui être mère d'un petit enfant.

Peu après son quarante-cinquième anniversaire, elle a constaté qu'elle était enceinte. Ce qui l'a surtout mise en colère. Colère contre elle-même et sa négligence. Elle se rappelait à peine ce rapport sexuel quand d'autres couples font Dieu sait quoi pour concevoir un enfant. Colère contre Peter, parce qu'elle devrait subir dans son corps l'épreuve d'un avortement tandis que lui resterait bien tranquille. Colère contre la réaction de Peter.

Quand elle l'a mis au courant, il l'a regardée avec un étonnement joyeux, mais elle a grogné : « Peter ! J'ai quarante-cinq ans ! »

L'affaire était réglée. Elle a pris des rendez-vous, l'avortement a été pratiqué et on n'en a quasiment plus parlé. Bien sûr, ils n'ont rien dit aux enfants.

« Je vais la rejoindre dehors. » Peter l'arrache à ses pensées. Elle acquiesce et se dit que les gens qui n'ont pas d'enfants demeurent des enfants d'une certaine façon. Ça ne les empêche pas d'être éventuellement des gens formidables mais il leur manquera toujours une certaine dimension.

Dehors, Peter parle à Selma. Il a les bras croisés sur

la poitrine, ses lèvres remuent sans arrêt. Le regard oblique de Selma s'échappe vers le ciel sans nuage. Les garçons sont hors de vue, Rahel entend seulement leurs voix.

Elle se lève et sort.

« Theo ! Max ! crie-t-elle. Venez, on va au lac. »

Les gamins accourent, et Peter lui jette un coup d'œil reconnaissant.

Tout l'après-midi Selma paraît les fuir. Face aux enfants également elle est sur la défensive. Elle va aux toilettes et y reste une éternité, puis retourne au rocher pour se relier au monde extérieur, comme elle dit. Elle s'éclipse pendant que les garçons mangent leur flan aux framboises et ne revient qu'une bonne heure plus tard. Sans explications.

« Laisse-la, dit Peter. Elle digère. » D'ailleurs il a l'impression que Selma fait preuve d'ambition pour la première fois ; ils ne peuvent pas tout rejeter en bloc.

Le manque d'ambition de Selma était un véritable problème pendant sa scolarité. Quand elle était notée quatre à un devoir sur table, elle n'était pas du tout déçue, mais annonçait avec son sourire désarmant que pour avoir quatre il fallait en savoir la moitié, et que la moitié c'était déjà pas mal. Elle se mettait en colère quand Rahel s'inquiétait et lui demandait pourquoi elle se contentait du minimum au lieu de viser l'excellence. Plus grande, Selma lui a reproché de ne l'aimer que lorsque ses résultats étaient bons. Il y a eu des discussions épuisantes, de longues soirées à la table de la cuisine, des larmes et des reproches suivis de nuits sans sommeil. L'effet a été quasiment nul. Alors qu'ils devaient sans arrêt freiner l'ambition de Simon, Selma paraissait n'en avoir aucune.

Qui plus est, à la même époque Selma s'est mise à s'habiller de manière vraiment provocante. Sa tenue obligeait presque tout le monde à la regarder. Elle traitait de cochons pervers ceux dont le regard s'attardait sur elle plus d'une seconde, et quand Peter l'a priée de s'habiller à peu près normalement au moins pour l'école et que Rahel a osé lui demander si elle apprécierait que ses professeurs arrivent en cours avec le pénis à moitié sorti de la braguette, elle a répondu par un reniflement indigné et un rire dédaigneux.

Ils ont temporisé en traitant le problème comme une maladie – avec patience et une boule d'angoisse dans la gorge. Chaque jour ils espéraient que leur fille rentrerait à la maison indemne et que cette phase passerait. Elle a passé. Comme tant d'autres phases.

Simon, qui faisait moitié moins de vagues, a eu droit à moitié moins d'attention. Il a traversé la puberté sans encombre, a pris quelques cuites, omis quelquefois de rentrer à l'heure convenue. C'est tout. Le sport était au centre de sa vie. L'école ne lui demandait aucun effort. Au grand dam de Peter il a dédaigné les Lettres, mais a lu tout ce que la bibliothèque familiale offrait en matière de livres d'histoire.

Rahel ne s'étonne pas que Selma occupe une place prédominante dans sa mémoire. Selma et ses amies qui entraient et sortaient de chez eux en bande. Elles assiégeaient la cuisine, vidaient les placards, faisaient des orgies de gâteaux, écoutaient de la musique très fort et mettaient en fuite tous les autres membres de la famille. Elles s'agglutinaient dans la salle de bains pour se teindre les cheveux, bousillaient les serviettes de toilette, empuantissaient la pièce avec leurs produits décolorants et murmuraient d'une petite voix suave *Hello, madame Wunderlich* en la croisant dans le couloir. Elles bloquaient le balcon pendant des heures et finissaient par décamper en cohorte, à grand renfort d'au revoir tonitruants. Mais il arrivait souvent – c'étaient les jours les pires – qu'elles restent toutes dormir dans la chambre de Selma et dévalisent le réfrigérateur pendant la nuit.

Quand Simon recevait de la visite, c'était une personne au maximum, qu'il accueillait dans sa chambre. Il fermait la porte et n'en sortait plus.

En fin d'après-midi, avant le dîner des adultes, Theo et Max s'empiffrent joyeusement de fusillis à la sauce tomate. Rahel épuisée les regarde.

Au moins sont-ils assis. À table.

Max prend une pâte et essaie d'étirer la spirale. Elle se casse et il la jette par terre.

« Non ! le gronde Rahel.

– Laisse mon frère tranquille ! » crie Theo furieux.

Pendant que Max émiette d'autres pâtes sous la table. Theo lui tape sur les doigts de toutes ses forces et braille : « Non ! »

Son regard en quête d'approbation en dit long, mais Rahel reste muette.

Plus que cette soirée. Et une matinée. Ensuite ce sera le calme.

Deuxième semaine

Lundi

Selma est devant la radio, une tasse de café dans les mains. Elle a mis le son tellement fort que la voix du présentateur couvre celles des enfants.

Rahel fonce droit sur le poste et baisse le volume. Elle ne veut pas entendre les nouvelles.

« Quoi de neuf dans le monde ? » demande-t-elle en s'efforçant de paraître aussi décontractée que possible.

« Quasiment pas de femmes aux postes de direction, voilà ce qui se passe, annonce Selma indignée. Les hommes sont vissés au pouvoir. C'est incroyable. L'Allemagne est en dessous de tout. Pire que la Pologne !

– Eh bien alors… », dit Rahel d'un ton encourageant.

Selma lui jette un regard interrogateur et suspicieux.

« Qu'est-ce qui empêche une jeune femme comme toi d'étudier l'économie et de devenir numéro un ? » demande Rahel, et avant même d'avoir fini sa phrase elle devine qu'elle aurait mieux fait de se taire.

« Excuse-moi ! » réplique vertement Selma, le bras

tendu et l'index pointé sur Theo et Max, assis sous la table en train de manger leur bouillie.

« Aha », répond Rahel. Elle s'accroupit et susurre d'une voix mielleuse : « Allons, les petits empêcheurs de faire carrière, si vous acceptiez de vous asseoir à table avec moi ?

– C'est plus fort que toi, hein ? » dit Selma, cette fois d'une voix lasse. « Il faut toujours que tu me rabaisses. »

Rahel se relève, soupire et fait un pas vers sa fille. « Je veux juste te montrer que la question est plus complexe qu'il n'y paraît. La soif de pouvoir des hommes n'est pas seule en cause, il y a aussi les choix de vie des femmes.

– Eh bien, dis-le comme ça, au lieu de m'agresser… tu ne parlerais pas de cette façon à Simon. »

Rahel sent le rouge de la honte lui monter aux joues. Selma a raison. Il est vrai que Simon ne dit pas autant de sottises. La naïveté de sa fille oblige à rectifier. Ce classement des gens en bourreaux et victimes ! Cette vision du monde infantile !

« Excuse-moi », dit-elle pourtant afin de ne pas gâcher leurs dernières heures ensemble.

Theo et Max laissent leurs bols sous la table et courent dehors. Ils reviennent presque aussitôt très agités, tirent Rahel et Selma par la manche, les yeux écarquillés, le regard grave et plein d'effroi. Dehors dans la cour, ils leur montrent la cause de leur émoi. Sur le couvercle d'un vieux seau en plastique gisent des poussins d'un jour et des souris congelés, destinés à nourrir plus tard la cigogne. Les garçons ont enlevé la cloche de protection que Peter avait posée dessus et le tas de bestioles mortes attire à présent les chats et les insectes.

« Tous morts », précise Theo en haussant les épaules.

Plus tard ils assistent impassibles au repas de la cigogne ; Selma prend quelques photos avec son téléphone et dit subitement : « En fait on pourrait rester encore quelques jours. »

Peter lève lentement la tête. Puis il répond avec une fermeté tranquille : « Non. »

Rien d'autre. Juste ce *Non* clair et global.

À l'heure prévue pour le départ, Peter fait les cent pas dans la cour. Il regarde sans arrêt autour de lui, en quête de Selma qui a voulu faire *un dernier petit tour* au lac. Les garçons sont assis dans la voiture, le nez pressé contre la vitre. Ils ne vont pas tenir en place longtemps. Selma arrive enfin d'un pas nonchalant, avec une lenteur ostensible, des airs de martyre et le regard plein de reproche.

Rahel lui caresse le bras. « Allons. Temporiser ne sert à rien. Il faut parler, Vincent et toi, et vous faire aider. »

« C'est parti ! » Peter l'invite à monter en tenant la portière ouverte. La voiture quitte la cour et Rahel les suit jusqu'au rocher sans cesser d'agiter la main.

Viktor et Ruth les raccompagnaient exactement de la même manière autrefois. Viktor marchait toujours un peu en arrière, et quand Ruth avait cessé d'agiter la main et fait demi-tour, il était toujours là, le regard fixe et le bras levé. Rahel se cramponnait au dossier de la banquette, elle criait « Au-re-voir ! » à la silhouette de plus en plus petite, et Tamara répétait année après année « Ne braille pas si fort ! T'es chiante ! », c'était sa réplique, puis Rahel se recroquevillait au fond de son siège pendant qu'Edith au volant de la Trabant, les yeux noyés de larmes, essayait de garder la direction.

L'angoisse lui tord l'estomac et elle s'interroge : est-ce le souvenir ou le présent qui lui noue ainsi les entrailles ?

Songeuse elle revient vers la maison. Le départ de Selma la soulage, elle ne peut le nier. Mais la mauvaise conscience neutralise le soulagement ; reste le sentiment d'avoir échoué.

Elle monte lentement l'escalier. Tout ce qu'il y a dans cette maison lui paraît soudain miteux – les murs tachés, les marches de bois usées, la rampe abîmée. Le carrelage fissuré, les placards qui ne ferment plus, les vitres jamais lavées.

Elle lit péniblement quelques pages du roman que lui a vanté la libraire à Dresde, mais l'histoire ne la captive pas. Elle fait les cent pas dans la chambre, regarde par la fenêtre, voit la cigogne et le chat à l'oreille en moins, elle se figure que les animaux lui renvoient un regard hostile.

Le temps qui la sépare du retour de Peter s'étire et la plonge dans une mélancolie sans borne. Dehors le soleil brûle. Il roussit comme en accéléré tout ce qui était vert et florissant. Elle aurait dû arroser au petit matin.

Rahel se ressaisit et va à la boîte aux lettres qui se

trouve à l'extérieur de la propriété, fixée à un gros poteau en bois. Elle est d'une taille suffisante pour contenir les paquets et possède un couvercle scellé par du carton bituminé dépassant du bord, de façon que l'eau ne pénètre pas en cas de pluie ou de neige. Viktor et Ruth ont réduit au minimum le risque de rencontres non désirées – un mode de vie qui convient tout à fait à Peter. La boîte est vide. Rahel fait le tour de la maison, observe les poules dans leur jardin clôturé, enlève çà et là quelques feuilles sèches aux arbustes et aux buissons et s'imagine comment ce serait de vivre ici pour toujours. Les étés seraient magnifiques, mais d'octobre à avril rien d'autre à attendre qu'un travail sans fin, de mornes journées hivernales, les pieds gelés dans des pièces froides, des animaux puants et toujours les mêmes vêtements. La majeure partie de sa garde-robe serait inutile ici. Inadaptée à la ferme et au jardin. Trop extravagante pour le village.

Si elle était à la place de Ruth, elle ne se donnerait pas tout ce mal, ne se pomponnerait pas chaque jour, avec rouge à lèvres et mascara, ne se comporterait pas en bon petit soldat. Non. Rahel se laisserait sûrement aller.

Elle cherche un banc à l'ombre et s'assied. Les yeux fermés, elle somnole jusqu'au moment où elle entend la voiture, la portière qui claque et Peter qui approche à pas prudents.

« J'ai fait des courses par la même occasion. Et je nous ai rapporté un truc chaud à manger. Asiatique. Vietnamien, je crois. »

Rahel lui adresse un sourire las et le suit dans la cuisine, où un parfum pénétrant se dégage bientôt des barquettes ouvertes.

« Tu veux savoir ce que Selma m'a raconté ?

– Je préfère pas, répond-elle sincère.

– C'est à propos de l'installateur électroacousticien », poursuit Peter, passant outre à son désir. « Il a déjà quatre enfants.

– De combien de femmes ?

– Deux. »

Rahel repousse son assiette.

« Tu aurais pu me raconter ça plus tard. Tu m'as coupé l'appétit. »

Peter sort les baguettes de leur étui en papier et les positionne entre ses doigts avec maladresse.

« Elle dit qu'il l'inspire.

– Et tu lui as dit quoi ?

– De se laisser inspirer sans détruire sa famille pour autant. »

Rahel le regarde.

« Tu lui as conseillé une liaison ?

– Pas précisément. Mais j'ai essayé de lui faire comprendre que ça pouvait arriver. Que les sentiments ont des hauts et des bas et qu'elle ne doit pas prendre une décision précipitée. »

Elle ne réussit à émettre qu'un « Aha » stupéfait. Si seulement il s'était montré à moitié aussi indulgent avec elle à l'époque !

Elle l'a trompé il y a quinze ans, lors d'un stage de formation continue en thérapie systémique, avec Alex, ancien nageur de compétition, psychologue et coach. Un homme qui lui a demandé de but en blanc si elle voulait coucher avec lui. Il l'avait vue et aussitôt désirée, si elle était dans le même cas elle n'avait qu'à lui adresser un signe. N'importe quoi, un message, un regard. L'hôtel où se tenait la session était au pied des montagnes du Taunus, pendant les heures de pause elle avait l'intention d'aller se promener. Trois jours presque sans dormir, tandis que Peter gérait le quotidien de la maison avec les enfants. Il lui envoyait des messages, ses réponses étaient brèves et mécaniques : *Je vais bien aussi. Je pense à vous et vous me manquez. Des baisers à toi et aux enfants.* Les mots venaient facilement sous ses doigts alors que son corps était embrasé. Elle ne connaissait pas toute la noirceur de son désir.

Ensuite, de retour à Dresde, son aveu inutile, la stupeur de Peter et le mutisme pénible où il s'est enfermé des mois durant.

Il n'arrête pas de faire tomber la nourriture de ses baguettes. Rahel repose le couvercle d'aluminium sur sa barquette et la met au réfrigérateur.

« Je mangerai plus tard », dit-elle et elle sort.

Ils s'évitent jusqu'au soir. L'air vibre, la chaleur paralyse toute velléité d'action. Pas un oiseau ne chante, les chats se sont terrés, la cigogne a trouvé une place à l'ombre dans la cour et n'en bouge plus. Peter s'est retranché dans l'obscurité de sa chambre. La compagnie des écrivains lui suffit amplement. Le moyen le plus simple de capter son attention passe par les livres qu'il lit. Si elle aborde des sujets qui l'intéressent, de belles conversations s'engagent encore après toutes ces années de mariage. Mais même pour ça l'énergie lui manque en ce moment, et l'intérêt.

Elle se balade jusqu'à l'enclos des poules et voit les pondeuses prendre leur bain de poussière. Elles se vautrent dans le sable à l'ombre de deux pommiers, caquettent et gonflent leurs plumes. Une buse décrit des cercles dans le ciel. Le chemin qui mène au pâturage du cheval commence derrière l'enclos des poules. De très vieux cerisiers et pruniers le bordent, déjà morts pour certains. Parmi eux, deux mirabelliers dont les fruits mûrs sont assaillis de guêpes. Ruth lui a raconté un jour qu'il s'agissait de *mirabelles précoces de Bergthold* – un nom qui sent la vieille noblesse.

Baila est sous un arbre, juste à côté de l'abreuvoir. Elle bat de la queue et remue les oreilles pour chasser les mouches. Chacun fait ce qu'il a à faire – les poules, les chevaux, et même Peter. Seule Rahel ne sait pas quoi faire de sa peau. Elle n'arrive pas à se supporter en cette journée de chaleur paralysante. Elle est de trop et rêve que quelqu'un la soulage quelques heures du poids de sa propre existence.

Mardi

« C'est étonnant », dit Peter quand Rahel entre dans la cuisine vers huit heures, « la lucidité qu'avait Pasolini.

– Bonjour », répond-elle, et elle met de l'eau dans la bouilloire, du café moulu dans la cafetière à piston.

« Il y a cinquante-cinq ans », poursuit-il impassible, « il écrivait déjà que la société de consommation détruit les cultures. »

Pendant quelques secondes, le sifflement de la bouilloire couvre son exposé et il se tait. Quand Rahel s'assied en face de lui avec une tranche de pain grillé sur son assiette, il reprend. Elle connaît le sujet, ils en ont souvent parlé. C'est une des opinions qu'ils partagent sans réserve : l'universalisme et l'égalité dans tous les domaines sont de nobles objectifs aux conséquences désastreuses. La diversité et la richesse culturelle du monde sont nivelées peu à peu, l'originalité est anéantie, toute particularité disparaît. Ne reste plus qu'une chose : la consommation.

Ils ont passé des soirées entières à en discuter, Peter et elle, mais comme pour tout ce que Rahel considère comme perdu, un beau jour elle a cessé de s'y intéresser. Elle ne se rebelle pas contre l'irrévocable. Elle garde son énergie pour les combats utiles.

Pourtant, tout en buvant son café, elle l'écoute. Il a les yeux qui brillent. Peter n'a rien perdu de son inextinguible curiosité intellectuelle.

« Pasolini qualifie la société de consommation de nouveau fascisme. » Il feuillette le livre mince, pose un doigt sur le passage en question et le lui lit. Il se donne sans compter à son amour passionné pour la réflexion, et Rahel doit avouer qu'elle a beaucoup appris de lui à cet égard.

Au début de leur relation ils lisaient souvent les mêmes livres et les commentaient après lecture. Ils organisaient des soirées thématiques où ils creusaient un sujet à deux ou avec des amis. Peter l'incitait toujours à prendre d'abord du recul, puis à examiner le problème selon des perspectives multiples. C'était un entraînement intellectuel auquel elle participait avec joie et qui lui sert aujourd'hui encore.

Peter s'efforce toujours d'inculquer à ses poulains de l'université cette liberté de pensée, cette capacité de questionner ses propres opinions – avec de moins en moins de succès et une frustration croissante. Le virus et les restrictions qui l'ont accompagné sont arrivés à point nommé. Sa présence dans les locaux de l'université n'était plus requise pendant le semestre d'été. Il a assuré le service minimum par vidéoconférences, le reste lui est devenu indifférent.

« Tu aurais été plus à ton aise en Philosophie qu'en Lettres, lui fait-elle remarquer avec un sourire. Je crois que tu en demandes toujours trop à tes étudiants. »

Il lève les yeux, surpris. Enlève ses lunettes et plisse le front. « Quand on entame des études de sciences humaines, on devrait s'intéresser à la réflexion en elle-même, tu ne trouves pas ?

– Si, bien sûr ! approuve-t-elle, mais ton image idéale de l'étudiant érudit appartient à une époque depuis longtemps révolue, où étudier était non pas la règle, mais l'exception.

– Là tu as raison », dit-il en souriant. Il rechausse ses lunettes et à la surprise de Rahel il demande : « Je peux aussi avoir un café ? »

Elle se lève et va lui chercher une tasse dans le placard. Sur la tasse est écrit *Mouais...* Elle le sert et son petit rire la réjouit.

Elle sent flotter un léger parfum des jours anciens, et repense à la première chose qu'elle dit toujours aux couples qui se détachent l'un de l'autre : *Rappelez-vous le temps où vous étiez amoureux. Qu'aimiez-vous chez votre mari/votre femme ?*

Rahel peut répondre sans peine à cette question : l'intelligence de Peter, son charme, sa fiabilité, son humour.

Il n'a rien perdu de tout cela, et c'est la raison pour laquelle elle ne veut pas le perdre.

Elle sait ce qui se passe au-dehors. Le marché ultra-compétitif des partenaires exige beaucoup de celui qui cherche. La « marchandise » est usagée et endommagée. Elle a des lubies et des tics, des maladies et des angoisses, et en règle générale elle manque de flexibilité. Quand on repart de zéro à cinquante ans, on trouve des gens qui se sont développés avec d'autres, ont été façonnés – pliés, rognés par d'autres et ne sont plus disposés à se plier ou se laisser rogner une fois encore. Peter et elle voudraient eux aussi qu'on les prenne comme ils sont. Ils ont derrière eux des décennies passées à équilibrer la balance. Ils ont fait beaucoup de chemin ensemble.

Quand on lui demande depuis combien de temps ils sont mariés, elle énonce le chiffre avec une certaine fierté. Presque aucun des couples qu'ils ont rencontrés au cours de leur vie maritale n'a atteint les noces d'argent, Selma et Simon eux-mêmes ont fini par reconnaître la valeur du couple parental stable. Hélas, comprendre ne veut pas dire imiter, Selma en apporte aujourd'hui la preuve. Quant à Simon : tant que sa copine ne perturbe pas son programme d'entraînement, elle peut rester. Si elle en veut davantage, qu'elle s'en aille.

Peter fait claquer ses doigts. « À quoi penses-tu ?

– À nos enfants, répond Rahel avec un profond soupir.

– On dirait que c'est douloureux.

– Eh bien oui…, entre Selma, avec sa personnalité histrionique, et Simon qui oublie de vivre à force d'ambition et de discipline… »

Le visage de Peter prend cette expression qui signifie : Tu exagères.

« Qu'est-ce qui te fait dire ça aujourd'hui ? demande-t-il.

– Je ne peux pas t'expliquer », dit-elle avec un geste découragé.

Il repousse sa tasse et lui prend la main par-dessus la table.

« Ne fais pas de nos enfants tes patients. Simon se débrouille très bien, et Selma…

– Selma, nous n'aurions pas dû la confier à tes parents quand elle était bébé », l'interrompt-elle en retirant brusquement sa main. « Son comportement trahit des symptômes indubitables de troubles de l'attachement dans la petite enfance.

– C'est possible. Mais qui ne souffre pas de troubles de l'attachement ? Tu n'y échappes pas, quant à moi… », un rire amer lui échappe. « J'aurais bien aimé que ma mère me traite avec autant d'affection qu'elle en a eu pour Selma à l'époque. »

Il se penche un peu au-dessus de la table et cherche son regard.

« Selma n'a pas besoin que tu l'analyses, Rahel. Elle a besoin de toi en tant que mère. »

Comme si elle ne le savait pas. Mais entre savoir et agir, il y a un obstacle qu'elle n'a pas toujours la force de surmonter.

*

« Nous ne sommes pas seuls à venir nous baigner ici », dit Peter et il désigne du pied un masque chirurgical usagé dans le sable. Puis il s'avance tout nu dans l'eau. Elle remarque pour la première fois les petits bourrelets de graisse dans le bas de son dos. Depuis combien de temps ne l'avait-elle pas vu nu ? Mais avant qu'elle ait pu l'observer davantage, il plonge.

Rahel s'assied sur sa serviette de bain et aperçoit sur la gauche des mégots de cigarette fichés dans le sable en forme de cœur. Dans le meilleur des mondes – un jeu mental qu'elle pratique souvent avec Peter –, personne ne laisserait traîner ses détritus. Elle ramasse les mégots dans un mouchoir et pense à la cigarette dans l'atelier. Ce soir, avec son verre de vin, elle ira la fumer, sans se cacher. Peter pensera ce qu'il voudra.

Elle le voit au loin qui s'enfonce dans le lac et refait surface à intervalles réguliers. Il aura cinquante-cinq ans dimanche. Elle n'a toujours pas de cadeau.

Elle enlève sa robe, ses sous-vêtements et regarde autour d'elle. Personne en vue. Elle entre dans l'eau peu à peu. L'onde est si claire qu'on voit le fond. Des bancs de petits poissons la frôlent. Elle aimerait nager à la rencontre de Peter, au moins quelques mètres. Dans le meilleur des mondes, il poserait les mains sur son corps et l'embrasserait, jusqu'à ce qu'ils coulent ensemble.

Peter ne semble pas l'avoir vue ; il nage sur le dos en soulevant des gerbes d'eau. Elle l'appelle mais il n'entend pas. Arrivée à sa hauteur seulement elle capte son regard.

« Tu te risques loin aujourd'hui », lui crie-t-il. Il nage sur place quelques secondes, jouit de la pureté de l'eau et de la superbe vue panoramique sur la forêt, puis fait la dernière partie du trajet de retour en nage crawlée. Elle le voit sortir de l'eau et se sécher. Il s'étire et expose son visage au soleil un moment.

Le meilleur des mondes est un jeu pour les songe-creux.

Au déjeuner il lui sert une salade mixte avec de la feta émiettée. Dans le saladier règne une folle anarchie : de minuscules cubes de poivron mêlés à des tranches de concombre épaisses comme le pouce.

« Tu t'es lâché ! » lui dit-elle avec un soupçon d'agressivité.

Il rit et lui remplit son assiette.

« Tu as l'intention de passer la totalité des trois semaines à la ferme ? »

Il hausse les épaules. « Je ne vois aucune raison de bouger.

– On pourrait aller faire un tour.

– Où donc ? » Il mâche et secoue la tête. « C'est sympa ici. »

Ils ont encore douze jours devant eux. Pour structurer un peu son après-midi, Rahel projette d'appeler d'abord Ruth, puis d'aller se promener et de réfléchir à la situation de Selma afin d'en discuter ensuite avec Peter.

« Rahel, dit Ruth d'une voix lasse.

– Oui, c'est moi », répond inutilement Rahel, puis elle demande des nouvelles de Viktor et écoute Ruth lui brosser un tableau objectif du drame qui se joue à Ahrenshoop sous un ciel magnifique.

Viktor a du mal à supporter l'idée de ce qui l'attend. Il a toujours dit que pour lui une telle vie ne valait pas la peine d'être vécue, et maintenant elle doit l'aider à y mettre fin. Oui, Rahel a bien entendu. Y mettre fin. Elle en est évidemment incapable. Et n'en a pas non plus la volonté. À vrai dire elle le lui a promis il y a de nombreuses années dans un moment de faiblesse, et aujourd'hui il ne cesse de le lui rappeler.

La voix de Ruth tremble et Rahel comprend que ses propres questions pour Viktor attendront. Une fois encore elle va devoir patienter.

Face à Ruth, elle se comporte toujours comme une enfant. Elle n'a rien à opposer à l'autorité de cette femme. En tant que psychologue elle serait pourtant tout à fait en mesure de réagir de manière adéquate au problème de Viktor, mais à part quelques *Aha*, *Ah bon* et *Oh la la*, elle ne trouve rien à dire.

Elle soutire tout de même à Ruth la promesse de la tenir au courant.

« Ça va aller », conclut Ruth et son *Au revoir ma chérie !* est comme d'habitude.

Rahel s'attarde un moment à côté du téléphone.

D'après son programme, c'est maintenant au tour de la promenade.

« Allons ! » se dit-elle à voix haute. « Secoue-toi », et elle a tout à coup l'impression que le regard sévère de Ruth l'atteint jusqu'ici. Elle quitte la maison illico et s'éloigne à grands pas.

Elle s'arrête au pâturage. Baila paraît savoir qu'elle n'a rien à attendre de Rahel. Elle ne daigne pas lui accorder un regard.

« Dis à Peter qu'il arrête de faire sa chochotte ! » crie Rahel au cheval qui mange. Elle repart d'un pas lourd, se retourne et ajoute : « Et qu'il ne croie pas que je vais l'attendre indéfiniment ! »

Baila lève un peu la tête et s'immobilise dans cette nouvelle posture, somnolente.

Rahel s'enfonce à grandes enjambées dans la forêt ; une colère impuissante l'aiguillonne. Elle a envie de hurler et, avant de se raviser, elle hurle. Elle prend son souffle et crie de toutes ses forces, plusieurs fois de suite.

*

« Te voilà enfin ! » s'exclame Peter soulagé.

Il est devant la porte de l'écurie, le licou de Baila et une corde sur l'épaule.

« Je m'inquiétais. Quelqu'un a crié dans la forêt.

– Des gens qui se disputaient, marmonne-t-elle.

– C'était horrible.

– Mouais. » Elle hausse les épaules et dit en s'éloignant : « Je vais téléphoner à Selma.

– Bonne idée, répond-il. Moi je fais mon petit tour avec le cheval. »

Dans la cuisine, Rahel ouvre la porte du garde-manger. Son regard tombe sur les confitures maison. Elle prend un petit pot de gelée de coings, l'ouvre et le hume. Beurre une tranche de pain qu'elle tartine avec des cuillerées de gelée. Elle liquide le pot ; la douceur âpre lui fait mal aux dents. Elle n'a pas une seule dent saine dans la bouche, il lui en manque déjà trois. C'est à Edith qu'elle doit ça. Chez elle il y avait toujours du thé à la menthe sucré avec du citron, de la brioche au sucre, à volonté, et parfois des demi-pamplemousses saupoudrés de sucre. L'acide a dissous l'émail, le sucre a pénétré dans ses dents encore jeunes et belles et les a abîmées l'une après l'autre.

Selma ne répond pas. Rahel a essayé de l'appeler à trois reprises. Elle envoie un SMS lui demandant de la rappeler. Plus le téléphone reste silencieux, plus sa colère augmente.

Contrairement à Edith, Rahel s'est toujours assurée que sa fille aille régulièrement chez le dentiste, renforce son émail dentaire avec du gel au fluor, fasse plomber ses molaires cariées. Le moins qu'elle puisse attendre après tant de de sollicitude, c'est qu'on la rappelle.

Elle s'allonge sur le lit, ferme les yeux, ravale sa fureur.

Quand elle attend un appel de Simon, aucune colère ne se mêle à son inquiétude. Ce qu'elle éprouve pour lui est différent. Peter le sait, Selma le sent, seul Simon ne se doute de rien.

L'aime-t-elle davantage ? Elle se pose la question tout haut, avec franchise, comme si sa voix était une seconde personne dans la pièce. La vérité est qu'elle l'aime différemment. Il n'éveille rien en elle dont elle puisse avoir honte. Son amour ruisselle vers cet enfant, pur et inentamé.

Enfin le téléphone sonne.

« Allô, dit Vincent, Selma m'a demandé de t'appeler. Elle est allée s'allonger un peu.

– Tout va bien ?

– Si on veut. »

Rahel entend en bruit de fond des grincements de tramway. Vincent devance sa question.

« Je suis en route vers le terrain de jeux avec les enfants.

– Est-ce que vous avez… parlé ? demande-t-elle prudemment.

– Toute la matinée. » Il baisse la voix. « Les enfants écoutent et je ne voudrais pas…

– Bien sûr ! Je peux rappeler plus tard.

– Non, attends ! Je lui ai dit que ce qu'elle ressent aujourd'hui ne va peut-être pas durer, et qu'elle ne peut pas embarquer les enfants à Leipzig comme ça. Ce sont aussi mes enfants, Rahel.

– Oui, bien sûr ! approuve-t-elle.

– Je crois qu'on va arranger ça. Je… »

Il lui raconte alors comment il compte s'y prendre pour convaincre Selma, et Rahel est épatée par sa maturité affective.

Vivre avec sa fille, c'est comme nager en permanence contre le courant. Rahel a fini par ne plus se débattre. Mais Vincent est jeune et fort ; peut-être ne sombrera-t-il pas dans ses eaux tumultueuses.

Assise sur un banc dans le jardin, elle essaie en vain de se plonger dans le petit livre du pèlerin de Viktor. Ça l'ennuie. Elle le lit uniquement parce qu'elle espère apprendre quelque chose sur lui.

Un des nombreux chats s'est couché à côté d'elle sur le banc. Son ronronnement sourd la conforte dans son envie de fermer les yeux et ne plus penser à rien.

Mais elle aperçoit Peter et son sourire radieux.

« Maintenant Baila accourt quand je l'appelle de loin, explique-t-il enthousiaste. Et elle marche à côté de moi sans longe ni licou.

– Ah… super », dit-elle en dissimulant un bâillement.

Il s'éloigne d'un pas rapide et la laisse avec l'impression d'être parfaitement inutile. Elle reprend son livre.

Autrefois elle lisait la Bible – il y en avait une dans chaque foyer, y compris chez Edith – comme si c'était un livre de contes : avec intérêt, mais aussi la certitude que tout n'était qu'invention. Son unique expérience religieuse date d'il y a quelques années, lors d'un voyage aux États-Unis, quand elle a assisté à un service dans une église évangélique. Dès le hall elle a entendu le flot des arrivants, presque tous noirs, répéter *God is good !*, et la réponse était chaque fois *All the time !* Pendant le sermon les gens se levaient à chaque phrase qui leur plaisait, criaient *Amen !* et *Hallelujah* !, ils levaient les mains et dansaient. Et puis ces chants. Rahel avait le visage baigné de larmes. Peter a ironisé et qualifié la cérémonie de show très au point, de nouba sympathique. Mais il y avait quelque chose d'authentique dans tout ça, et Rahel a pris conscience d'un manque en elle qui l'a poursuivie tout le reste du voyage.

Elle pose les récits du pèlerin et passe le doigt sur les cals de ses paumes. Le jardinage a laissé des traces. Soigner un peu ses mains ne leur ferait pas de mal. Les taches de vieillesse se multiplient. Lors du dernier contrôle, le dermatologue lui a demandé si elle était autrefois une fana du bronzage. Sa peau portait les stigmates caractéristiques d'une exposition excessive au soleil. Elle a haussé les épaules et attendu avec impatience qu'il range sa loupe et la laisse partir. L'examen de ses défauts lui était désagréable et ce type lui faisait pitié. Scruter jour après jour la peau des gens à la recherche d'altérations pathologiques, elle trouvait ça horrible.

Elle évite Peter jusqu'au dîner.

« Au fait, tu as parlé avec Selma ? » lui demande-t-il en s'asseyant à côté d'elle à la table de la cuisine.

Elle secoue la tête. « Non, mais avec Vincent. Il est optimiste comme toujours. »

Peter sourit. « C'est un type super.

– Peut-être… », murmure-t-elle, mais elle lui fait remarquer que Selma n'agit pas sans motifs.

« La question est de savoir ce que valent ses motifs », réplique-t-il.

Rahel se tait. De son point de vue aussi, les motifs de Selma ne sont ni impératifs ni sérieux, mais qu'importe. Depuis des années, elle voit arriver dans son cabinet de plus en plus de jeunes gens qui ont de l'instruction, de l'argent et des parents aimants, mais qui n'arrivent pas à assumer leur vie. Qui pour des raisons difficiles à comprendre rompent avec leur partenaire, envoient dinguer leur métier, interrompent leurs études peu avant le diplôme et se sentent malheureux. Comme si avoir la belle vie était lourd à porter. Car lorsqu'on reçoit tout et qu'on n'en fait rien, il ne faut pas s'attendre à être compris.

« Le fardeau de la belle vie », dit-elle en espérant que Peter la comprendra sans plus d'explications.

Et il comprend.

« Aujourd'hui les jeunes ont d'autres difficultés », dit-il.

Leurs regards se rencontrent et ne se lâchent plus, et pendant une seconde Rahel croit que tout va s'arranger.

Mercredi

Presque.

Peter a failli rester avec elle. Hier soir, dans sa chambre à elle, dans son lit.

Ils étaient assis par terre comme autrefois dans leur jeunesse, Peter avec une jambe repliée et l'autre étendue, Rahel en tailleur. Ils parlaient des sept vertus – l'intelligence, la justice, le courage, la tempérance, la foi, l'amour, l'espérance – et tournaient autour de la question suivante : la tempérance s'applique-t-elle aussi au savoir. Après deux verres de vin, ils étaient arrivés à la conclusion que la culture est certes indispensable à la compréhension du monde, mais qu'il y a un point de bascule où l'intelligence devient stupidité. Celui qui n'est plus en mesure de réagir spontanément, celui qui s'évertue à replacer tout ce qu'il vit dans un contexte théorique, est arrivé à ce point de bascule.

« Il n'écoutera pas son instinct ni ses craintes salutaires. Son savoir lui sera fatal et il finira par sombrer », a déclaré Rahel, et Peter a conclu sur le constat que tout, absolument tout, peut se révéler destructeur. Elle lui a pris le verre des mains et l'a attiré sur le lit.

Il est resté un moment allongé sur le dos, un bras autour d'elle, les yeux grands ouverts et le regard braqué sur le plafond, tandis qu'elle attendait en silence qu'il dise un mot gentil. Elle croyait déjà le sentir, ce mot, le voir se former et se mettre en route pour venir jusqu'à elle. Elle a réglé le rythme de sa respiration sur le sien afin d'éliminer la dernière petite résistance susceptible d'entraver le parcours du mot. Peter a retiré tout doucement son bras, l'a embrassée sur le front, et a quitté la pièce.

Elle s'est réveillée vers deux heures, le cœur battant et trempée de sueur au point qu'elle a dû se changer. En rêve, elle avait vu Simon gisant mort dans un pré, mais le rêve n'était pas la cause de son état. Ce fléau nocturne, souvent lié à une peur soudaine de la mort, la persécute depuis plus d'un an déjà, toujours à la même heure, entre deux et trois heures du matin, tantôt accompagné de nausée, tantôt sans, associé parfois à d'inexplicables démangeaisons sur tout le corps, et toujours à des palpitations et de violentes suées. L'odeur de sa sueur aussi était horrible – aigre, âcre. Autrefois elle ne sentait jamais aussi mauvais. Ces odieux effets secondaires du vieillissement ont au moins un avantage : mourir sera plus facile le jour venu.

Elle s'est rendormie sur cette pensée.

L'intelligence, la justice, le courage, la tempérance, la foi, l'amour, l'espérance.

Elle a inscrit les sept vertus l'une en dessous de l'autre sur un bout de papier et entouré au crayon *le courage*.

Aujourd'hui elle sera courageuse. Courageuse face à la froideur de Peter, qui n'est pas vraiment de la froideur mais un mélange de distance, de manque de confiance et de perte du lien à la collectivité. Quand il a commencé à se détourner de la société, elle ne l'a pas suivi. Mais n'a rien fait pour le retenir. Et quand le malaise l'a gagnée à son tour, Peter était parti depuis longtemps – retranché dans un espace intérieur dont la porte n'était pas si facile à ouvrir. Un homme plus simple n'aurait pas de tels sentiments, mais pour un homme plus simple elle n'aurait pas non plus cet amour-là.

Elle entend sous sa fenêtre des feulements féroces. Elle se penche et voit un grand matou tigré s'enfuir avec un oiseau dans la gueule. Savoir qu'ils chassent la contrarie. Peter remplit matin et soir leurs gamelles d'une excellente pâtée, et pourtant tous les deux ou trois jours il faut qu'un oiseau y passe. Elle referme la fenêtre, attrape une serviette, enfile ses ballerines et prend le chemin du lac.

La serviette de Peter, avec sa chemise et son pantalon, est accrochée à une branche qui surplombe l'eau ; ses chaussures bien rangées en dessous. Le regard de Rahel balaie la surface du lac ; l'eau s'étend devant elle, lisse et calme. Peter est vraisemblablement en train de faire le grand tour de la baie par la gauche.

La moitié de leurs vacances est écoulée.

Elle enfonce ses orteils dans le sable. Toutes ses appréhensions lui paraissent soudain ridicules. Bien sûr que Peter et elle feront la paix. Bien sûr que Selma fera le bon choix et qu'il n'arrivera rien à Simon. *Confiance, Rahel*, se dit-elle intérieurement, *tu dois avoir confiance*. Puis elle laisse à nouveau son regard balayer la surface de l'eau immobile.

Il est bon nageur. Mais même les nageurs endurants peuvent avoir des crampes ou des infarctus. Elle accroche sa robe à la branche avec les affaires de Peter, pose ses chaussures à côté des siennes, entre dans l'eau et s'éloigne à la nage. Derrière une grande oasis de nénuphars, jusqu'à laquelle elle n'était encore jamais allée, s'ouvre une minuscule crique. Il est assis là, dans l'eau peu profonde. Il a la tête renversée en arrière et les yeux clos. Rahel s'arrête net. Il ne semble pas l'avoir entendue. Derrière lui un mur de roseaux.

Elle fait demi-tour avec précaution. À chaque mouvement, elle veille à garder les bras sous l'eau pour éviter les clapotis.

Ce moment appartient à Peter et à lui seul.

*

Sur le trajet de la jardinerie, son téléphone émet plusieurs bips consécutifs. Elle attend d'être arrivée au parking.

Simon a envoyé des photos. Son fils sur une paroi rocheuse, avec l'attirail complet du grimpeur, sous un ciel aux nuages lourds de menaces. Simon agrippé d'une seule main à une saillie, le reste du corps suspendu dans le vide. Sur l'image suivante, il utilise ses deux mains, un pied posé sur une bosse minuscule. La dernière image montre la vue plongeante sur la vallée. La paroi paraît lisse et verticale. Elle se demande bien comment il a pu arriver là-haut.

Simon non plus ne peut pas se résoudre à être normal. Il met la barre de plus en plus haut. Ça ne tient pas seulement à l'effet des endorphines dans ces moments de liberté sans limite où il grimpe – il est comme Selma, le juste milieu lui répugne.

Le regard de Rahel se perd dans le vide au-dessus du parking. Qu'est-il arrivé à ses enfants ? Ou bien son métier l'empêche-t-il de porter un regard impartial ?

Elle met son masque anti-covid, prend un caddie et parcourt les allées de la jardinerie. Un vendeur lui conseille des plantes résistantes à la sécheresse et Rahel opte pour des coréopsis à grandes fleurs et des sédums à fleurs roses.

Elle pense à ses plantations luxuriantes sur le balcon de leur appartement et espère que leur voisine Mme Knopp n'oublie pas de les arroser.

Mme Knopp ne part jamais en vacances. On peut lui confier la réception des paquets, elle demande souvent des nouvelles des enfants et elle est toujours au courant de tout ce qui concerne la politique urbaine de Dresde. En hiver, on la trouve parfois derrière la maison en train de fumer près du râtelier à bicyclettes, enveloppée dans une vieille parka, sur la tête un bonnet de laine tricoté de ses mains. L'été, elle vit pour ainsi dire sur le balcon de son appartement à l'entresol. Elle doit avoir beaucoup plus de quatre-vingts ans, mais porte des vêtements de couleurs vives, aux motifs voyants.

Petite fille, Selma lui a dit une fois : « Je ne veux pas devenir aussi vieille que toi », et comme Mme Knopp lui demandait ce qu'elle pensait faire pour l'éviter, elle a répondu : « Mourir. » Mme Knopp a éclaté de rire, et Selma aussi.

En contrepartie de l'arrosage des fleurs, Mme Knopp a réclamé sans se démonter « une ou deux bouteilles de vin rouge, mais pas du dornfelder, et rien à moins de cinq euros. »

À propos de vin, Rahel pense au repas. À la caisse, elle demande à la vendeuse où se trouve le boucher le plus proche et rajoute in extremis sur le tapis roulant un vaporisateur qu'elle a repéré dans un présentoir à côté de la caisse. De retour à la voiture, elle case les plantes devant le siège du passager et suit le trajet indiqué vers la Boucherie de campagne Thiel.

Elle choisit des filets d'agneau, continue jusqu'au centre commercial où elle achète de l'ail, du romarin, du beurre clarifié, de la mâche, plus une baguette chez le boulanger, puis elle prend le chemin de la maison, l'âme en paix. Il lui sera facile de faire plaisir à Peter avec un bon repas. Au printemps, comme il n'y avait plus aucune activité en présentiel à l'université à cause du virus alors que Rahel était obligée d'aller travailler à son cabinet, il s'est mis à faire la cuisine. Depuis, il évalue d'autant mieux l'effort. Il s'en tient strictement aux recettes des livres de cuisine, la régale parfois de plats impressionnants, mais sans directives précises il est perdu.

Rahel ne consulte jamais un livre de cuisine. Elle ouvre le réfrigérateur, sort tout ce qu'il faut liquider, et elle improvise.

De retour à Dorotheenfelde, elle décharge la voiture et cherche en vain Peter. Elle lui a écrit un petit mot avant de partir en ville ; il ne lui a rien laissé.

Dans la chambre de Peter, elle s'assied à son bureau et feuillette son carnet sans se gêner. Depuis toujours, il note des phrases tirées de ses lectures. Ce sont en général des formules qui lui plaisent, mais il relève aussi des opinions avec lesquelles il n'est absolument pas d'accord, et ajoute ses propres réflexions. De son écriture serrée et penchée vers la droite, facile à lire, il a noté :

Le recours aux forêts représente une nouvelle réponse de la liberté (...).

Elle ne connaît personne d'autre qui ait ce rapport à la littérature. Peter ne se contente pas de lire les livres, il travaille avec eux, compare ce qu'il a lu avec ce qu'il est, ses attitudes, ses comportements, qu'il modifie le cas échéant. Pour lui, la littérature est comme un interlocuteur vivant. Parfois même plus vivant que ce qui se déroule sous ses yeux. Et contrairement aux êtres humains elle lui est indispensable.

Rahel referme le carnet avec un soupir, quitte la pièce, descend l'escalier et va dans la cour.

Elle voit arriver Peter.

« Tu es déjà de retour ! » lui crie-t-il.

« J'étais plongé dans ce livre étrange, dit-il quand il l'a rejointe.

– Le livre du pèlerin ? »

Il acquiesce. « Il était posé sur le banc au fond du jardin. J'ai toujours voulu le lire. Salinger s'y réfère dans *Franny et Zooey*... Dommage que nous ne puissions pas demander à Viktor ce que ce livre signifie pour lui.

– Oui, dommage, répond-elle tout bas. Il y a pas mal de questions que j'aimerais lui poser. »

Voyant qu'il ne réagit pas, elle passe devant lui et se dirige vers l'atelier. « Viens ! dit-elle. Il faut que je te montre quelque chose. »

« Pas de conclusions hâtives », l'avertit Peter après avoir regardé les nombreux portraits d'Edith et de Rahel.

« Il vous dessinait, après tout vous étiez souvent ici.

– Oui, mais le plus souvent il ne s'intéressait qu'à moi. Rarement à Tamara. »

Peter penche la tête sur le côté. « Je n'ai pas connu Tamara enfant mais bon, ce n'est pas un caractère facile, ta sœur. Tu le sais toi-même – les gens attirants sont souvent plus aimés, et tu étais une petite fille particulièrement jolie. »

Il examine un portrait d'Edith.

« Crois-tu ta mère capable d'une chose pareille ? Emporter un tel secret dans la tombe ? Tromper sa meilleure amie en couchant avec son mari et cacher sa vie durant à un enfant l'identité de son père ? »

Rahel répond sans hésiter : « Oui. »

Le grand matou tigré traverse la cour avec dans la gueule une souris agitée de spasmes.

Le soleil au zénith brûle sans pitié. Le grand sureau qui occulte la fenêtre de la chambre de Peter a les feuilles flapies, et la chaleur semble avoir plongé les nombreux moineaux qui le peuplent dans une apathie somnolente. Rahel jette un coup d'œil aux plantes qu'elle a achetées aujourd'hui et arrosées à l'ombre.

« Je comprends que tu aies besoin de savoir », dit Peter derrière son dos, et ses bras l'enserrent. Il l'attire contre lui et la retient longtemps, et plus il la retient, plus sa volonté de savoir perd de son urgence.

Plus tard, quand ils se sont retirés chacun dans sa chambre pour la sieste, la question ressurgit et tambourine à l'intérieur de son crâne. Elle se met à la fenêtre et regarde un long moment la forêt pétrifiée par la chaleur.

Et s'il ne pleuvait plus jamais, pense-t-elle tout à coup, si le lac qu'elle voit scintiller çà et là entre les arbres s'asséchait ? Depuis longtemps déjà la ligne du rivage recule. Quand elle était enfant, l'eau pénétrait plus avant dans les terres. Et s'il n'y avait bientôt plus de lac du tout ?

Elle se serait volontiers passée de ce genre de réflexion. De cette hantise du tout-ne-fait-qu'empirer. Mais qu'on le veuille ou non – les forêts meurent, la glace fond, les hommes ne deviennent pas plus sages. Et comme ils sont très nombreux, plus nombreux qu'ils l'ont jamais été, et qu'ils le deviendront encore davantage, les dommages qu'ils causent vont augmenter de manière vertigineuse.

L'idée que l'épidémie ne serait rien d'autre qu'un correctif qui guette l'humanité depuis longtemps leur est venue dès le printemps.

« Imagine, a dit Peter, que l'accroissement excessif de la population mondiale amène la nature à déclencher une hécatombe. Disons, une diminution de moitié. Par le biais d'un virus, par exemple. »

L'idée est lumineuse. Il ne faudrait pas qu'elle et sa famille soient touchées, bien sûr, et le virus qui se propage est finalement loin de produire les effets que Peter décrit, mais l'idée d'un correctif reste séduisante. Dans ce cas, tout ce qu'elle est, tout ce qu'elle fait, serait encore plus dérisoire et vain qu'elle ne le supposait déjà. L'esprit de Peter s'envole souvent vers ces hauteurs glacées, il regarde tout d'en haut puis redescend dans les bas-fonds du quotidien avec ce petit sourire indulgent.

Elle passe deux ou trois fois la main sur la robe de lin noire qu'elle porte déjà depuis dix jours. Elle tâte le tissu rêche et éprouve une satisfaction étrange et rageuse à ne plus attacher d'importance aux apparences.

Plus tard, elle va nager encore une fois. La petite crique où elle a vu Peter assis est maintenant inondée de soleil. Rahel nage jusqu'au moment où elle peut toucher le sable du fond avec ses mains. Elle se retourne, s'assied dans l'eau tiède et peu profonde, en appui sur ses bras elle expose son visage au soleil. Des nuées de libellules scintillantes volettent autour d'elle.

Ce moment lui appartient. En dépit de toutes les sombres pensées, il est pur et parfait.

*

Le soir, après que Peter a soigné les animaux et Rahel planté en terre les coréopsis et les sédums en n'oubliant pas d'arroser les autres plantes, elle fait cuire les filets d'agneau dans une bonne quantité de beurre clarifié, avec ail et romarin. Peter prépare la salade, tranche la baguette et débouche le vin. Ils mangent dehors dans la cour malgré les guêpes. Le truc du vaporisateur fonctionne. Dès qu'une guêpe s'approche, Rahel fait s'abattre sur elle une pluie de fines gouttelettes. Peter a un petit sourire. Puis il s'empare du flacon et, tout excité, vaporise de l'eau dans toutes les directions. Même la cigogne y a droit, et aussi les chats qui quémandent à manger.

« Vous avez déjà été servis ! », dit-il comme un père sévère et il les chasse.

Ils vident la bouteille de vin rouge et une grande carafe d'eau, et quand Peter demande s'il doit ouvrir une autre bouteille, Rahel acquiesce.

Vers minuit, il y a trois bouteilles de vin vides sur la table. Rahel monte l'escalier en titubant pendant que Peter débarrasse. Elle s'allonge sur son lit sans s'être lavé les dents et sans sa gouttière et s'endort aussitôt.

Jeudi

Ce qui l'agace le plus, c'est la prévisibilité de son état. Le mal de tête lancinant, la soif exacerbée, le goût horrible dans la bouche desséchée et la diarrhée – à près de cinquante ans, la raison n'a toujours pas le pouvoir d'empêcher tout ça.

Évidemment, elle s'est réveillée après deux heures d'un sommeil comateux – en nage, le cœur battant. Une nuit aussi épouvantable que la soirée avait été belle. Par chance elle a sa propre salle de bains où elle peut s'abandonner sans réserve à son état lamentable.

À la cuisine elle se prépare un café fort qu'elle monte dans sa chambre avec une grande bouteille d'eau minérale. Une chose est sûre : elle ne deviendra jamais alcoolique. Une seule cuite suffit à la préserver pour longtemps de tout abus d'alcool. Elle ne se souvient pas de quoi ils ont parlé en fin de compte, tout ce qu'elle sait c'est qu'ils ont beaucoup ri et que des étoiles filantes fusaient dans le ciel nocturne.

On frappe à la porte et Peter passe une tête.

« Comment vas-tu ? » demande-t-il.

Elle comprend à le voir qu'il a passé une aussi mauvaise nuit qu'elle. Rahel secoue la tête et fait la grimace.

« Je comprends », marmonne-t-il, il sourit et ajoute : « Moi pareil. »

Il ferme la porte, mais la rouvre aussitôt et dit : « C'était bien quand même ! »

Après son départ, une partie de la conversation lui revient. Elle lui a demandé dans quelle époque il aimerait voyager.

« Dans l'Antiquité ! », s'est-il écrié aussitôt. « Mais avant que le prédicateur itinérant ne sévisse ! »

Quand elle a compris de quoi il parlait, ils ont pouffé tous les deux et Rahel a prophétisé en riant aux larmes que la foudre allait s'abattre à l'instant même, un nuage de pluie se déverser sur eux ou un oiseau leur chier sur la tête.

Pendant que Peter va se dégriser en nageant dans le lac, Rahel essaie d'éviter tout mouvement superflu. Elle reste les yeux fermés en position mi-assise mi-couchée, pour couronner le tout elle a mal aux dents.

À la mi-journée, elle se sent assez bien pour quitter la chambre. L'air moite et le ciel couvert semblent au diapason de son humeur. Pas de lumière crue, pas d'ombres dures, rien qu'une chaleur molle sans risque de coups de soleil.

Elle s'assied un moment sur le banc à côté de la porte d'entrée et boit des petites gorgées de la boisson préférée de Peter en été – du thé vert refroidi, qui a passé une bonne heure au réfrigérateur, riche en sels minéraux et bon pour la santé. Il a apporté exprès de la maison la théière en verre spéciale avec filtre incorporé.

Elle pense avec un peu d'angoisse au retour à Dresde, à l'automne qui approche et à l'hiver : le virus pourrait bien revenir au premier plan, l'adoption de nouvelles mesures annuler les avantages de la vie citadine, et son carnet de rendez-vous sera de nouveau archiplein.

Dès le printemps Rahel a observé une augmentation des dépressions. À beaucoup de ces patients elle a recommandé des lectures, de *Oui à la vie !*[1] de Viktor E. Frankl à *Suivons en dansant l'ombre de la nuit*[2] de Wolfgang Herrndorf. Mais c'était pour ceux qui avaient seulement besoin d'un petit coup de pouce.

Elle pense au soir où ils ont regardé *Melancholia*.

« Je connais ce sentiment », a dit Peter.

Les patients comme lui sont des cas désespérés. Ils connaissent la cause de leur problème, leur intelligence leur a déjà permis de s'analyser tout seuls et ils ont exclu

1. *Oui à la vie ! Découvrir un sens à l'existence malgré les souffrances*, de Viktor Emil Frankl et Daniel Goleman, Éditions de l'Homme, 2021 (titre original : *Trotzdem Ja zum Leben sagen*).

2. Éditions Thierry Magnier, 2015 (titre original : *Arbeit und Struktur*).

toute guérison. Car les conditions dont ils ont besoin sont impossibles à créer. Ils sont nés dans une époque où ils ne trouveront pas ce qu'ils cherchent : besoin de sens et de dignité plutôt que d'épanouissement personnel, une société où la question n'est pas de devenir le plus vieux possible, mais de rendre sa vie aussi pleine de sens que possible.

Quand la peur du virus s'est propagée, ils ont souvent évoqué ce thème. C'est une évidence pour lui comme pour elle : vivre dans la crainte permanente leur paraît sans intérêt.

L'attitude de Rahel face au virus était pourtant moins claire. Panique et sérénité ont alterné pendant des semaines, selon qu'elle écoutait plus ou moins fréquemment les nouvelles. Les chiffres des contaminations et des morts ne manquaient pas de produire leur effet, et c'est seulement lorsqu'elle a obéi aux injonctions agacées de Peter l'invitant à s'épargner cette dose quotidienne d'effroi et à s'en remettre à son bon sens qu'elle s'est sentie mieux.

Il y a quelques années, Peter et elle ont rédigé leurs directives anticipées. Tous deux ont exprimé leur refus des traitements visant à prolonger la vie, alimentation artificielle, mesures de réanimation et assistance respiratoire. Ils n'ont autorisé que le soulagement de la douleur. Ils ont dit aux enfants où étaient rangés les documents, et Peter a affirmé que savoir cette affaire réglée lui permettait de mieux dormir.

Elle l'envie pour son rapport à la mort. Bien qu'il ne croie à rien de réconfortant – pas d'au-delà, pas de salut, pas de résurrection –, il n'a pas l'air d'avoir peur. Il ne connaît pas ce désespoir qui la saisit quand elle pense à la fin. Son effroi à l'idée que cette petite vie si brève serait tout. Qu'après il n'y aura pas de retour, plus de sensations, rien que le vaste néant…

Effleurer l'idée suffit à accélérer son pouls. Pourtant ce n'est pas la mort en soi qui lui fait peur, mais tout ce qui n'aura pas été fait, pas éprouvé, pas entrepris.

Elle secoue la tête malgré elle et s'arrête net. Une douleur sourde pulse toujours derrière ses yeux et peu après, quand elle voit Peter entrer dans la cour avec Baila, elle se dirige vers lui à pas précautionneux, en évitant la moindre secousse.

Il disparaît dans l'écurie et ressort aussitôt avec un seau. La jument se jette avidement sur son contenu – avoine, morceaux de carottes, deux petites pommes et une poignée de granulés de céréales compactées. Pendant que le cheval mange, Peter le félicite et le tapote affectueusement.

« Les animaux sont merveilleux.

– Tu n'envisages quand même pas d'en acheter un », réplique-t-elle.

Il cale un pied contre le seau de nourriture pour empêcher Baila de le renverser dans sa précipitation.

« Pas en ville… Mais qui sait de quoi demain sera fait. Une maison à la campagne, avec son puits et sa cheminée… » Son regard devient songeur. Quelques secondes plus tard, il ajoute : « Imagine que l'approvisionnement de la ville en énergie s'interrompe. Ici, on arriverait quand même à s'en sortir.

– Et si on n'a plus rien à manger, on abattra le cheval », dit-elle sarcastique.

Au même instant, Baila soulève le seau vide avec sa bouche et l'envoie valdinguer. Peter n'a pas ri de si bon cœur depuis longtemps. Il rejette la tête en arrière, plante les mains sur ses côtes et paraît rajeuni de plusieurs années.

Plus tard, pendant qu'ils mangent dans la cour et chassent les guêpes avec le vaporisateur, elle se rappelle l'éclat dans les yeux de Peter quand il a parlé de cette histoire de maison à la campagne, et elle comprend brusquement que ce genre de rêve n'exerce aucun charme sur elle.

Elle adore les semaines d'été à la campagne, mais elle aime aussi la ville. Elle ne s'est pas du tout lassée de Dresde, elle aime le trajet quotidien à pied jusqu'à son cabinet, les petites boutiques, les restaurants et le théâtre, les virées dans les environs et les soirées d'été à boire du vin en terrasse. Peter en revanche pousse de plus en plus loin ses balades à vélo et rentre toujours à la maison à contrecœur.

« J'ai peur que nous soyons en train d'évoluer dans

des directions complètement différentes », dit-elle avec l'espoir qu'il la contredise.

Le chat à l'oreille en moins se faufile sous la table et saute sur les genoux de Peter, où il se roule en boule après moult contorsions et se met à ronronner. Peter sourit et pose une main sur sa fourrure.

« Eh oui, soupire-t-il. Parfois on ne peut pas empêcher que deux personnes n'avancent plus au même rythme. » Ses doigts gratouillent la fourrure du chat. « Est-ce tellement grave ? »

Elle en a le souffle coupé. « Tu parles de se séparer ?

– Non, Rahel. Je pense à voix haute, c'est tout. »

La chaleur lui monte au visage. « Pense à voix basse, s'il te plaît, dit-elle entre ses dents.

– Tu n'as pas besoin d'avoir peur, dit-il d'un ton calme. Ce lieu m'incite à imaginer d'autres possibilités. Par exemple passer les mois d'été comme vacher sur un alpage.

– Tu ne penses plus du tout en termes de *nous*, dit-elle d'une voix blanche.

– Ce n'est pas vrai. Je ne remets pas le *nous* en question. Tout au plus mon rôle dans ce *nous*. Et mon métier. »

Le chat saute des genoux de Peter et s'éclipse. Comme s'il avait senti la tension.

Rahel observe Peter qui aujourd'hui lui paraît particulièrement séduisant comme par hasard. Elle parle rarement de lui comme de *son homme*. L'adjectif possessif lui a toujours fait l'effet d'une chaîne autour du cou, mais la revendication subsiste tout au fond d'elle : il est son homme, à elle et à personne d'autre. Et elle est sa femme, la femme de personne d'autre.

D'autres hommes de cet âge ont des liaisons avec des femmes plus jeunes, deviennent à nouveau pères, s'achètent une voiture de sport ou s'entraînent comme des forcenés préparant un triathlon. Elle connaît des exemples qui cumulent les trois.

« Je suis désolée, murmure-t-elle. Je ne sais pas moi-même ce qui m'arrive. »

Ne t'inquiète pas ! Je t'aime et je te désire. S'il était le héros de son film, il dirait des phrases comme celle-là. Mais il est Peter, c'est pourquoi il pose ses couverts, mâche consciencieusement jusqu'au bout et dit : « Vacher sur un alpage. L'idée me plaît. »

En fin d'après-midi, elle va seule dans la forêt cueillir des myrtilles.

Elle est d'humeur plus légère, son mal de tête s'est dissipé, et en l'espace d'un quart d'heure elle a rempli un grand pot de yaourt d'un kilo.

Sur le chemin du retour Rahel croise un chien. Elle s'arrête et baisse la tête dans l'espoir de ne pas attirer son attention. Bien sûr, le chien accourt illico, renifle sa jambe nue, la couvre de bave. Son pelage noir et hirsute éveille un souvenir.

Un des hommes de sa mère chez qui elles ont habité

un temps possédait un chien analogue – grand, hideux, mais bien élevé. Rahel avait le droit de le sortir. Et même si elle n'y tenait guère, elle partait régulièrement avec lui, juste pour le tableau qu'ils offraient : une jolie petite fille avec un chien qui paraissait gigantesque et qu'elle n'arrêtait pas de gronder d'une voix sévère, même quand il marchait sagement à son côté, afin de bien montrer son autorité et d'attirer l'attention sur elle. Elle déambulait tête haute à travers les rues grises et encore presque sans voitures du quartier de Äussere Neustadt, passait devant des maisons délabrées, en quête d'autres humains et des quelques surfaces réfléchissantes dans lesquelles elle pourrait se voir avec son chien.

Tamara, qui s'était prise d'affection pour l'animal dès le premier instant, serait bien venue aussi, mais Rahel trouvait toujours de nouvelles raisons à lui opposer.

Le chien disparaît dans la forêt, mais le souvenir de sa sœur enfant la poursuit pendant tout le trajet de retour.

Elle a observé sur Tamara qu'un être façonné par le refus devient la personne que les autres voient en lui. Les coins de sa bouche naturellement tombants lui donnaient un air grognon même quand elle était joyeuse et cet air grognon a fini par devenir son signe distinctif. Ainsi est-elle entrée dans la vie en trébuchant – un oiseau aux ailes brisées.

Dans la cuisine, elle remue la pâte à crêpes, y ajoute une poignée de myrtilles et en verse une pleine louche dans la poêle beurrée. Simon serait ravi. Petit garçon il battait toujours le record du plus gros mangeur de crêpes. Il en engloutissait une demi-douzaine à l'aise. À l'époque elle n'aurait jamais cru que ce petit garçon prêterait un jour serment à l'armée fédérale, cheveux ras, au garde-à-vous dans son uniforme ajusté au millimètre.

Je jure de servir fidèlement la République fédérale d'Allemagne et de défendre avec courage la liberté du peuple allemand, que Dieu m'en soit témoin.

Il aurait pu laisser tomber le passage sur Dieu, mais il l'a dit.

Peter a été d'une gaieté inattendue pendant toute la cérémonie. Et même si Rahel n'appréciait pas la décision de Simon, l'attitude de Peter lui a plu. Pas un froncement de sourcils, pas un muscle de son visage n'a bougé. Même l'appel de Simon à un Dieu auquel Peter ne croit pas ne lui a valu aucun signe de désapprobation de sa part. Elle l'a aimé pour cette réaction.

Peter enfourne une crêpe roulée et la mange en trois bouchées. Il en prend aussitôt une autre.

« Tu n'en fais presque plus jamais depuis que les enfants sont partis », marmonne-t-il en continuant à s'empiffrer.

« Il y a longtemps que je ne t'avais plus entendu parler la bouche pleine », répond Rahel en souriant.

Il s'essuie les doigts sur du papier absorbant et hausse les épaules. « C'est trop bon », s'excuse-t-il.

Elle le laisse débarrasser et sort. Les fleurs récemment plantées vont bien. Derrière l'écurie, à côté de l'enclos des poules, elle découvre une autre plate-bande qu'elle n'avait pas repérée parce qu'elle est depuis longtemps envahie par les mauvaises herbes. Elle a failli marcher sur une planche aux clous rouillés. Elle la soulève et la pose contre le mur de l'écurie qui présente de multiples fissures. Cette ferme est un gouffre.

Dans la cour, Peter a commencé le nourrissage. La cigogne avale des poussins d'un jour décongelés.

« Elle déambule partout comme si elle était la reine de la ferme. Et cet air arrogant », dit-elle à Peter, qui observe l'oiseau avec une satisfaction visible. Il rit.

« Juger les animaux d'un point de vue moral est absurde. Ils sont ce qu'ils sont. Contrairement à nous, qui faisons toujours semblant. »

Rahel lève les yeux au ciel. « Je sais. Tu n'es pas obligé de te mettre aussitôt à pontifier. »

Elle veut passer devant lui mais il la retient.

« Viens par-là », dit-il. Il l'entoure de ses bras et lui caresse le dos.

Rahel presse la tête contre sa poitrine et ferme les yeux. Elle en a presque honte, mais il suffit qu'il la serre une seule fois dans ses bras pour de bon, et déjà elle fond.

Vendredi

Aujourd'hui Rahel attend le courrier avec impatience. Les années passant, il est devenu plus difficile de se faire mutuellement plaisir. Ils ont tout ce qu'il leur faut et davantage. Mercredi pourtant, obéissant à une inspiration soudaine, elle a commandé deux cadeaux pour Peter : un thé vert japonais qu'il s'offre rarement à cause de son prix (60 euros les cent grammes), et un livre de photos de Dresde au XIXe siècle.

Ils ont la chance de vivre à Äussere Neustadt, un quartier de la ville qui n'a pas été complètement détruit en février 1945. Peter a tout lu sur la guerre des bombes menée par les Américains et les Anglais et l'attaque aérienne sur Dresde ordonnée par Arthur Harris. Un jour il a laissé traîner un livre illustré sur la table de la cuisine : *Lieux incendiés. Le spectacle de la guerre des bombes*. Simon devait avoir une dizaine d'années. Rahel est arrivée trop tard, il contemplait d'un air effaré deux cadavres carbonisés en posture d'escrimeurs, et Rahel et Peter se sont disputés le soir à cause de ça.

Quand ils se promènent en ville, il dit souvent qu'il aurait bien aimé voir Dresde avant les bombardements. L'album de photos est un pis-aller qui, espère-t-elle, lui fera plaisir.

Elle va à la boîte aux lettres et l'ouvre, elle respire. Le thé et le livre sont arrivés.

À la fin des années quatre-vingt-dix et au début des années deux mille, ils fêtaient toujours l'anniversaire de Peter avec une bande d'amis au *Relax*, un bistrot d'été proche de l'Elbe, mais aujourd'hui ni le *Relax* ni les amis ne sont plus ce qu'ils étaient.

Ou bien est-ce l'inverse ? Peter et elle ont-ils changé ?

Pendant de longues années, leur cercle de connaissances se composait des gens les plus divers. Les premiers différends sont nés à cause des enfants. La manière de les élever a fait l'objet de violentes discussions et le lien avec des parents trop permissifs et leurs enfants, devenus antipathiques sans y être pour rien, n'y a pas résisté.

Un de leurs couples d'amis s'est mis à pratiquer la communication non violente, ce qui impliquait entre autres le renoncement à l'ironie. Rahel a joué le jeu au début, à contrecœur, mais Peter adorait provoquer et il a donné libre cours à son génie en la matière. Cette amitié-là aussi s'est lentement défaite.

D'autres amis encore ont exigé d'eux un engagement politique clair face aux mutations de la société, auquel ni Rahel ni Peter n'ont consenti. Leurs opinions ne correspondaient à aucun camp politique. Certains collègues de Peter ont également pris leurs distances après les incidents à l'université.

De nouveaux cercles se sont formés, petits, homogènes, aussi incapables de s'estimer entre eux que de se comprendre. Plus la tolérance était revendiquée, moins il y en avait. Du moins était-ce l'impression de Rahel. Quelques amis sont tout de même restés. Henriette et Axel, le couple de médecins dont les fils étaient des copains de Selma et Simon et qui habite tout près dans le quartier de Radeberger Vorstadt.

Enzo, l'historien diplômé qui tient une librairie d'occasion et habite un appartement minuscule au-dessus, et enfin Cordelia, la viticultrice qui possède un domaine à proximité de Radebeul. Peter a engagé la conversation avec elle il y a de nombreuses années lors de l'Elbhangfest[1], et une fois que Rahel a réussi à vaincre sa jalousie, une vive amitié est née.

Tandis qu'elle marche vers la maison, elle se propose de les inviter tous à Dresde pour fêter l'anniversaire après-coup.

1. L'Elbhangfest est un festival de rue qui se tient chaque année à Dresde le dernier week-end de juin depuis 1990 et met en valeur la culture et le paysage bâti des collines sur les rives de l'Elbe.

Dans sa chambre, elle approche une chaise de la fenêtre et appelle Ruth.

La première chose qu'elle entend, ce sont les cris des mouettes. Ruth est pieds nus dans le sable, elle est en train de regarder la mer, dit-elle, aujourd'hui l'eau a la couleur des mers du Sud. Elle est presque turquoise. Magnifique.

« Où est Viktor ? Comment va-t-il ? demande Rahel.

– Il est à la physiothérapie. Avant, il a fait une petite promenade avec moi sur la plage.

– C'est super ! » dit joyeusement Rahel. Silence à l'autre bout du fil. « Ruth ? Tu es toujours là ?

– Oui oui. » Elle se tait à nouveau, puis demande : « Tu entends, Rahel ? Le vent, les vagues, les mouettes. Parfois je me lève à cinq heures pour être la première sur la plage. Et chaque fois que je vois un joli morceau de bois flotté, je le ramasse et je me demande ce que Viktor peut en faire. Autrefois, nous revenions toujours de nos vacances au bord de la Baltique avec des cartons remplis de trouvailles, il disparaissait aussitôt dans son atelier et pendant des journées entières n'en sortait plus que pour manger et dormir. » Elle rit, mais c'est un rire sans joie.

« Écoute, ma chérie, poursuit Ruth, je vais aller nager et je te rappelle. Peut-être pas aujourd'hui, mais dimanche au plus tard, pour l'anniversaire de Peter. Salut, ma chérie. À plus. »

Et elle raccroche sans avoir posé une seule question sur ce qui se passe à la maison.

À midi, ils déjeunent à l'intérieur à cause de la chaleur. Rahel a fait des sandwiches tomate, mozzarella, pesto au basilic, avec de la salade verte. Peter lui sert un verre de vin blanc sans qu'elle le lui ait demandé. Devant son regard sceptique, il dit : « Allez, on est en vacances. »

En buvant son café après le repas, elle se rappelle la cigarette. Elle n'a plus pensé à fumer depuis des jours, mais la tentation est de nouveau là.

Peter parle à n'en plus finir. Pourquoi ne se retire-t-il pas dans sa chambre comme d'habitude. Il ne lui laisse aucune occasion de s'échapper. Son intention, dit-il, est d'apprendre un poème par cœur tous les deux jours pendant le reste de leur séjour à Dorotheenfelde. S'il commence dès aujourd'hui, il en connaîtra six à leur retour à Dresde. C'est un entraînement intellectuel. Des provisions esthétiques pour une époque sans âme.

Il sourit. « Tu pourrais participer. »

Rahel secoue la tête et se verse du vin.

« Je suis en vacances. »

Plus tard, debout sur le pas de la porte elle regarde dehors. Pas un seul animal en vue. Des nuages bleu-noir assombrissent le ciel, l'air vibre. Un coup de vent soulève un nuage de poussière devant ses pieds et elle entend le tonnerre gronder au loin.

Elle monte l'escalier. Dans le couloir, elle s'arrête : la porte de Peter est entrouverte.

Il fait agréablement frais dans sa chambre. Il est allongé de tout son long sur le lit, les bras croisés derrière la tête, le pantalon déboutonné, et marmonne des mots dans sa barbe. À côté de lui sur le lit, un livre ouvert posé sur la tranche.

« Qu'est-ce que tu fais ? demande-t-elle en s'asseyant près de lui.

– J'apprends par cœur la première strophe de *La Moitié de la vie* de Hölderlin.

– C'est à la portée de n'importe qui », répond-elle peu impressionnée et, stimulée par l'effet du vin, elle récite au pied levé les deux strophes sans aucune erreur.

Il la regarde épaté, approuve d'un hochement de tête, sourit et se tait.

Rahel s'allonge à côté de lui. Appuie la tête dans le creux de son bras et pose une main sur son ventre. La cage thoracique de Peter monte et descend avec régularité, son odeur l'enveloppe. Elle ferme les yeux et glisse une main dans son pantalon.

Surprise par son propre geste, elle avance encore un peu la main et quand elle sent son corps réagir sous ses doigts, elle l'embrasse. Il prend son visage entre ses paumes, sa barbe lui pique la peau. Elle se laisse déshabiller, sa robe, sa culotte, et même si tout est terminé en un quart d'heure elle a l'impression qu'il lui est revenu après un long voyage.

Samedi

Ils entendent la voiture peu après midi.

Ils sont assis sur le banc près de la porte avec leur café, lèvent la tête tous les deux en même temps, et observent d'un œil anxieux l'entrée de la cour. Ils n'attendent personne et le facteur doit avoir fini sa tournée depuis longtemps.

Non, pitié, pense Rahel. La même peur se lit dans les yeux de Peter.

À présent que le fossé entre eux s'est réduit, tout ce qui vient de l'extérieur n'est que dérangement et danger.

La voiture entre au pas dans la cour. Une plaque d'immatriculation munichoise. Le visage de Peter s'éclaire. Rahel se lève d'un bond et se précipite.

Selma descend du côté du passager.

« Hello, maman ! » s'écrie-t-elle, puis elle ouvre la portière arrière et soulève Max à moitié endormi sur la banquette.

Simon s'avance vers Rahel d'un pas élastique. Il la serre tendrement dans ses bras. Elle inhale son odeur chaude et se sent aussitôt ramenée à l'époque où elle était encore jeune et lui bébé. Dès le début elle a aimé son odeur, elle s'en remplissait, n'en avait jamais assez.

« Alors ? Tu es contente que je t'aie amené ton petit prince ? » demande Selma, mi-badine, mi-aggressive. Peter la prend dans ses bras et caresse la joue de Max toute rouge de sommeil.

« Qu'est-ce que vous faites ici ? » demande-t-il en riant.

Simon et lui s'étreignent à leur tour et Selma susurre : « Anniversaire surprise !

– Mais ce n'est que demain.

– Je dois être de retour à Munich dès demain soir », explique Simon.

Rahel regarde Selma. « Où est Theo ?

– Il n'a pas voulu venir. Je l'ai laissé avec Vince. »

Elle juge que c'est bon signe et hoche la tête.

Puis elle pose les mains sur les bras de Peter et accentue la pression de ses doigts.

Selma pousse un soupir désapprobateur. « Sa façon de le regarder ! On croirait qu'elle est amoureuse.

– Ils ne se sont pas revus depuis Noël, Selma », dit Peter qui joue les médiateurs mais lance un regard d'avertissement à Rahel.

« Vous avez faim ? demande-t-elle. Je peux vous préparer quelque chose vite fait. »

Simon décline. « C'est bon, maman. On a mangé en route. »

On entend dans sa phrase un soupçon d'accent bavarois.

« Rien n'a changé ici, constate-t-il après un coup d'œil circulaire. Ici le temps s'est carrément arrêté. »

Une demi-heure plus tard, Rahel regarde son fils chahuter avec Max.

Simon est dans l'eau jusqu'au nombril, il tient Max à bout de bras au-dessus de sa tête, le lâche d'un coup et fait comme s'il n'allait pas le rattraper. Max pousse des cris de plaisir, au bout de vingt fois il n'en a toujours pas assez. Simon rend à Selma le petit gamin frétillant, mais Max se précipite aussitôt sur lui.

Simon s'allonge dans le sable. Son corps témoigne d'une pratique sportive régulière et d'un mode de vie sain, et Rahel ne peut s'empêcher de le regarder encore et encore.

« Est-ce que j'étais aussi fatigant quand j'étais petit ? », demande-t-il en riant et il repousse l'enfant qui essaie de lui grimper dessus de tous les côtés.

Le oui de Peter et le non de Rahel sont simultanés et Selma s'écrie : « Il fallait s'y attendre ! »

Tournée vers Simon, elle ajoute : « Dans les souvenirs de maman, moi seule étais fatigante.

– C'est que tu devais l'être », répond-il hilare.

Selma lui jette une poignée de sable.

Rahel s'oblige à regarder ailleurs. Elle adorerait être seule quelques heures avec Simon. Les conversations avec lui sont agréables parce qu'il ne vous balance pas n'importe quoi et ne se met jamais dans ces états d'excitation pénibles qui sont la règle quand on parle avec Selma.

Max est maintenant agrippé aux épaules de Simon. Qui fait vingt pompes sans effort avec l'enfant sur le dos, puis l'éjecte en le faisant glisser sur le côté, court vers l'eau, plonge et disparaît. Max se met à hurler.

La seule occasion d'avoir son fils pour elle sera en début de soirée, quand Selma ira coucher Max, songe Rahel. Elle attrape le sac en plastique avec le seau et la pelle, déverse son contenu à côté de Max qui cesse de hurler aussi brusquement qu'il avait commencé.

Selma s'est rapprochée de Peter. Sa tête est appuyée contre son épaule, ses cheveux lui caressent le dos.

« Simon est toujours tellement heureux », dit-elle sur un ton de reproche, et c'est le cri du cœur.

Peter l'entoure de son bras. « Simon a certainement ses moments difficiles lui aussi. Et puis il n'a pas encore d'enfants. Rappelle-toi le temps où tu…

– Non, ce n'est pas ça, l'interrompt-elle. Je n'ai jamais été aussi heureuse que lui. »

Elle se blottit encore davantage contre son père – le buste pressé contre les jambes, la tête rentrée. Elle reste ainsi recroquevillée un long moment.

Puis soudain elle se lève et rejoint Max d'un bond, s'affale à côté de lui, prend une pelle et se met à construire un château de sable. Toutes ses rancœurs paraissent envolées. Elle fouille dans le sable avec une joie enfantine, plaisante avec le petit et le couvre de baisers.

Jouer avec les enfants selon leurs règles, Rahel n'en a jamais été capable. Faire marcher des petits animaux sur le parquet et parler d'une voix déformée, jouer au docteur avec des poupées ou faire semblant de se battre à l'épée, débusquer Simon dans sa cachette ou tirer Selma assise dans un vieux carton le long du couloir en hennissant – tout ça l'ennuyait au plus haut point, aussi confiait-elle cette tâche à Peter. Mais il s'en sortait à peine mieux qu'elle dans ce rôle forcé.

« Les enfants doivent jouer avec des enfants », prétextait-il avant de s'esquiver une fois de plus. Elle doute que le repentir le tourmente. Alors que sa conscience ne manque pas de se rappeler à elle face à la patience dont Selma fait preuve quand elle joue avec son enfant. Une petite voix lui susurre des mots tels que *mauvaise mère*, *occasion ratée* ou *perte irréparable*.

Elle rejoint Peter, s'assied à côté de lui, à l'endroit précis où Selma était assise, et lui caresse tendrement le bras. Un sourire à peine visible éclaire son visage. Il n'est perceptible que dans ses yeux, mais il la tranquillise.

En fin d'après-midi, après un goûter copieux avec thé, café et gâteaux, Peter hisse Max terrorisé sur le dos du cheval et l'emmène faire un tour.

Simon et Selma se dirigent vers le rocher pour envoyer deux ou trois messages, Rahel reste encore assise un petit moment.

Les efforts de Vincent pour sauver son couple ne sont pas restés vains. Dans quinze jours Selma et lui ont leur premier rendez-vous pour une thérapie de couple. L'idée d'entamer une formation d'illustratrice à Leipzig n'est pas écartée, mais le nom de l'électroacousticien n'a pas été prononcé. Selma a parlé au contraire de Vincent, qui pourrait avoir un poste à la Sächsische Aufbaubank de Leipzig. Un changement lui ferait peut-être du bien.

Quant à Simon, il a répondu de manière évasive aux questions sur sa vie privée. Il a dit que Lisa et lui étaient très occupés tous les deux actuellement. Qu'ils n'avaient pas envie de fixer leur statut. Ils voulaient rester ouverts aux changements.

« Blablabla... », a dit Selma et Simon a eu un petit rire.

Rahel se demande à qui il est en train d'écrire si, comme il semblerait, ce n'est pas à Lisa. Jusque-là aucune des amies de son fils n'était particulièrement à son goût. Ce sont toujours les mêmes blondes sportives avec une queue de cheval et des mensurations parfaites. La théorie de Selma sur ce point est simple mais convaincante : c'est pour le sexe, et rien d'autre.

Selma revient la première. Elle s'assied à côté de Rahel et soupire.

« Tout va bien ? », demande Rahel en mère consciente de ses devoirs.

Selma hausse les épaules. « Je voudrais arranger les choses avec Vince, mais je ne sais pas comment. Dès qu'il veut me toucher, je me raidis. Tu crois que ça passera ? »

Rahel réfléchit un instant, puis elle dit : « Nous avons eu les mêmes problèmes.

– C'est vrai ? » Selma ouvre des yeux comme des soucoupes. Sa fille ne s'attendait visiblement pas à ce genre de chose entre Peter et elle. Ils ont donc au moins réussi sur un point : leurs enfants les considèrent comme des parents stables.

« C'est arrivé de temps à autre.

– Et vous faisiez quoi ?

– Eh bien, dit Rahel. Nous étions patients. Et puis nous vous avions. » Elle se tait un moment avant d'ajouter : « Nous sommes toujours restés curieux l'un de l'autre, et convaincus d'avoir fait le bon choix. Même dans les périodes difficiles. Si nous n'avions plus été capables de prendre notre couple au sérieux, nous n'y serions pas arrivés. »

Selma devient songeuse.

« Est-ce que tu estimes encore Vincent ? » demande Rahel et elle appréhende la réponse.

Selma répond oui sans hésiter.

Elle paraît surprise elle-même, comme si elle ne s'était encore jamais posé la question. Puis elle demande de but en blanc :

« Avez-vous toujours été fidèles ? »

Rahel ne s'y attendait pas. Mentir serait une erreur, mais on ne peut pas infliger la vérité à son enfant.

La vérité est que Peter ne l'a jamais fait grimper aux rideaux. Les rapports sexuels étaient toujours agréables, mais jamais débridés. C'est pour ça qu'elle l'a trompé. Et depuis, depuis qu'elle a vécu ce bref attouchement qui électrise tout le corps, cet unique regard qui déclenche un puissant afflux de chaleur dans le bas-ventre, elle sait que la nostalgie de cette sensation demeure.

« Dans nos cœurs, oui », répond-elle en évitant de regarder Selma dans les yeux. Elle est soulagée de voir Peter entrer dans la cour avec Max sur les épaules et le cheval dans son sillage.

Pendant le dîner, Selma jette des coups d'œil méfiants en direction de Peter.

Apparemment elle le soupçonne. Rahel regrette de n'avoir pas tenu sa langue.

Peter et l'adultère. Ridicule. Mais s'il déclare lui-même ne l'avoir jamais trompée pendant toutes ces années, c'est moins une performance digne d'admiration que l'expression de son mépris pour les pulsions sexuelles. Elle sait qu'on lui a fait des avances, mais sans succès. *Nous ne sommes pas des bêtes, nous pouvons choisir*, tel est son credo à cet égard.

À table elle a du mal à se concentrer sur la conversation. Elle voudrait ôter cette idée de la tête de sa fille, et quand elle saisit la première occasion un peu plus tard, Selma la regarde d'un air consterné.

« *Toi*, tu l'as trompé ?

– Ne monte pas sur tes grands chevaux, répond-elle d'un ton presque menaçant.

– Ce n'était pas mon intention », dit Selma très calme. Puis, après un silence pensif, elle ajoute : « Crois-tu que nous sommes comme grand-mère ?

– Non », répond aussitôt Rahel, catégorique. « Nous ne sommes certainement pas comme grand-mère. »

Comme elle l'escomptait, Selma a besoin d'un peu de temps pour endormir Max et, pendant que Peter s'active dans la cuisine, Rahel peut faire avec Simon la promenade tant attendue. Ils ne vont pas loin, la nuit tombe déjà, les jours ont sensiblement raccourci.

Il lui raconte sa préparation à l'examen d'entrée pour devenir guide militaire de haute montagne, par la suite il veut former lui-même des chasseurs alpins, ses études en sciences du sport lui offrent de nombreuses possibilités dans le cas où son plan A échouerait.

Elle est toujours épatée par la clarté de ses objectifs. Simon semble ignorer la tendance de sa génération à essayer, abandonner, repartir à zéro, couplée à la revendication d'un équilibre idéal entre travail et vie privée. Lui ne fait aucune différence entre travail et vie privée.

« Papa est très content que tu sois venu », dit-elle, mais c'est surtout à elle qu'elle pense.

Simon sourit. « Autrefois, l'anniversaire de papa était un jour atroce pour moi, parce que c'était aussi l'anniversaire d'arrière-grand-maman Anna et que nous devions toujours aller boire le café chez elle. »

Les enfants l'appelaient *arrière-grand-maman SAS*, parce qu'elle exigeait toujours de son mari qu'il « passe par le sas » quand il rentrait à la maison. Il devait déposer ses vêtements dans le couloir, aller dans la salle de bains, se laver et enfiler des affaires propres. Ensuite seulement il avait le droit de pénétrer dans les autres pièces. Au salon, il s'asseyait en général dans son gros fauteuil marron, enveloppé d'une couverture de laine, parce que Anna passait son temps à aérer. Elle prétendait que ça sentait la fumée, ce qui n'était jamais le cas. À la mort d'Ernst, Anna avait eu cette phrase lapidaire : « Au moins il n'a plus froid. »

« Nous devions nous laver les mains pendant de longues minutes et parfois elle nous brossait les cheveux avant de nous autoriser à entrer », se souvient Simon. « Et il faisait froid chez elle, parce que les fenêtres étaient toujours ouvertes.

– En plein hiver, avec le chauffage allumé, complète Rahel.

– Et ce parfum dégueulasse qu'elle vaporisait partout. » Il frissonne de dégoût.

« Elle souffrait d'un grave trouble obsessionnel compulsif », explique Rahel, et elle pense à Edith qui a grandi avec cette mère et empêché plus tard tout rapprochement avec ses petites-filles.

« Nous n'irons pas chez cette méchante femme »,

expliquait Edith à ses filles. « Elle ne peut pas souffrir les enfants. »

Curieusement, grand-papa Ernst n'était jamais mentionné dans l'histoire. Comme s'il n'existait pas. C'était pourtant un homme aimable et bienveillant, qui est mort exactement comme il avait vécu : sans faire de bruit ni déranger personne.

Plus tard, seule dans sa chambre, dans son lit, Rahel tourne et retourne la question de Selma : *Crois-tu que nous sommes comme grand-mère ?* Même le sommeil ne parvient pas à la chasser. Il la repousse seulement dans des couches plus profondes de la conscience où elle fait surgir des images horribles, auxquelles Rahel échappe en se réveillant à l'heure habituelle. Non, elles ne sont pas comme Edith. Ni Rahel, ni Selma.

Il lui a fallu toute une vie pour composer un tableau à peu près cohérent à partir des fragments arrachés à sa mère.

Bien que née des années après la fin de la guerre, Edith était une victime de la guerre. Victime d'une mère qui avait couru à travers Dresde en flammes dans le costume de déesse grecque cousu de ses mains pour le carnaval, dont les chaussures dorées étaient restées collées à l'asphalte fondu par la chaleur extrême et qui avait continué pieds nus jusqu'à ce que sa peau fasse des bulles. Elle se retournait dans sa course pour voir où étaient ses frères. Mais il n'y avait derrière elle qu'un océan de feu.

Et quand, six ans plus tard, cette Anna a mis au monde une fille qu'elle a nommée Edith, personne n'a vu que l'épouvante d'autrefois l'habitait toujours. Edith ne l'a pas compris non plus, mais elle l'a ressenti toute son enfance. Sa vie durant, elle a été à la recherche de ce sentiment qui semblait si naturel entre les autres gens.

À quoi ressemblait-il au juste, Edith l'ignorait. Elle s'en faisait une idée vague et romantique. Elle l'a cherché auprès des comédiens, des danseurs et des peintres, parce que eux maîtrisaient au moins l'expression de ce sentiment. Elle l'a cherché auprès d'autres mutilés, et ce qu'elle a trouvé c'était l'alcool, la grande vie et des hommes qui la désiraient et qui généraient ce sentiment pour une courte période, mais dès qu'il pâlissait elle reprenait sa quête, les seules constantes dans sa vie étaient Ruth et Viktor.

Pourtant le traumatisme qui marque leurs existences à tous s'atténue peu à peu. Génération après génération, il perd de sa force. Edith elle-même, née d'une sorte d'apathie glacée, n'était ni froide ni apathique. Son amour était capricieux mais ardent. Quant à Selma et Simon : les conditions dans lesquelles il leur a été donné de grandir étaient presque idéales.

Rahel ferme les yeux et s'endort aussitôt. Ses rêves l'emmènent à présent dans des sphères plus paisibles. Edith y apparaît, mais plus pâle que d'ordinaire, plus silencieuse et d'une douceur inhabituelle.

Dimanche

Une claire lumière matinale entre par la fenêtre de la cuisine à l'est.

Il y a sur la table un bouquet de fleurs que Rahel a cueillies à la hâte. Elle voit Peter traverser la cour avec un seau de nourriture pour les poules et calcule qu'il devrait en avoir fini avec toutes les bêtes d'ici une demi-heure environ. Elle lui a souhaité bon anniversaire dès son réveil. Au bout de treize jours elle a troqué la robe en lin noire contre une robe-chemise blanche et s'est glissée sans chaussures et sur la pointe des pieds dans sa chambre pour lui dire bonjour et l'embrasser.

À présent elle met la table, casse des œufs et les bat avec un peu de crème, du sel et du poivre.

Elle est en train de verser de l'eau sur le café quand Selma entre avec Max dans les bras.

« Je peux en avoir un aussi ? Avec du lait chaud, s'il te plaît. »

Rahel acquiesce mais prépare d'abord le thé de Peter, puis le lait, avant de s'asseoir à table près de sa fille.

« Vous avez un cadeau pour papa ? » demande-t-elle.

Selma hoche la tête et souffle sur sa tasse.

« Il brûle », constate Max d'un ton sévère.

« Un beau cadeau », dit Selma. Elle lève la tête, serre son petit garçon contre elle et regarde sa mère dans les yeux.

« Maman ?

– Oui, mon chou ?

– Merci d'être restés ensemble, papa et toi. C'est sympa ici, avec papa, Simon et toi. C'est sympa d'avoir une famille. » Les larmes brillent dans ses grands yeux marron et ses lèvres tremblent un peu.

« Oh, ma chérie. » Rahel bondit de sa chaise et entoure de ses bras les épaules de sa fille. Elle lui embrasse le front et caresse ses cheveux qui rebiquent derrière les oreilles. Elles rient et pleurent en même temps. Max les regarde avec effroi, mais il sent apparemment que tout va bien et commence à sucer son pouce.

Simon passe la tête dans l'entrebâillement de la porte : « Bonjour tout le monde. Je vais piquer une tête, je suis de retour dans une demi-heure. »

Selma essuie ses larmes. Un flot d'amour irrigue tout le corps de Rahel, ses genoux flageolent. Elle retourne s'asseoir d'un pas chancelant, mais tend les deux bras par-dessus la table pour saisir les mains de sa fille.

Après le petit déjeuner Peter déballe ses cadeaux. Selma et Simon lui ont offert de minuscules écouteurs sans fil qu'il examine d'un air méfiant.

« Je savais qu'il ferait ces yeux-là », dit Selma à Simon, et elle explique patiemment à son père comme à un enfant les avantages de ces petits machins. Rahel sourit et doute qu'il les utilise un jour, mais quand sur l'insistance des enfants Peter branche les oreillettes sur son téléphone et entend une de ses chansons préférées – *Hallelujah* dans la version de Jeff Buckley –, son visage s'illumine. « Super-qualité de son ! », leur crie-t-il, et tout le haut de son corps accompagne la montée en puissance de la mélodie.

« Tu n'as pas besoin de crier comme ça », hurle Selma, et Simon se frappe le front du plat de la main en riant.

Peter a déballé l'album sur Dresde et se plonge aussitôt dans les photos historiques. Simon et Selma regardent par-dessus son épaule.

« Dresde était vraiment une belle ville, constate Selma avec tristesse.

– Hmmm », fait Peter qui continue à feuilleter. Au bout de deux ou trois pages, il s'arrête et dit : « Ouais… Et puis tu vois débarquer à ton cours un étudiant qui porte un tee-shirt avec l'inscription *Bomber Harris do it again*.

– Pardon ? » Rahel le regarde. « Tu ne m'avais pas raconté ça. »

Il élude d'un geste. « Chaque mot là-dessus est un mot de trop.

– J'ai déjà vu ce slogan sur un mur », dit Selma.

Peter hausse les épaules. « Un pays où des jeunes gens réclament leur propre anéantissement n'a pas d'avenir.

– Ce n'est qu'une poignée d'imbéciles, fait remarquer Selma.

– Mais des imbéciles auxquels personne ou presque ne s'oppose. En tout cas plus moi. »

Simon a la tête baissée et les bras croisés. Les mâchoires serrées.

« Je sers donc un pays sans avenir, dit-il d'un ton acerbe. En cas de péril je vais risquer ma vie pour rien, selon toi. »

Surpris, Peter lève les yeux et referme l'album. Il soupire et se frotte le front avant de répondre.

« Ce n'est pas ce que je voulais dire, Simon. Mais tu sais bien comment c'est.

– Ton attitude n'arrange rien. Tu aurais pu réagir. Demander des explications à cet étudiant, par exemple. Lui demander s'il sait vraiment ce qu'il est en train de proclamer.

– J'aurais pu », lui accorde Peter. Puis, après un silence pensif : « Je l'ai toujours fait. J'expliquais, je donnais des arguments objectifs, je nuançais. Mais la modération et la lucidité n'ont plus aucune chance de nos jours. La confrontation n'apporte qu'un déferlement de haine sur les réseaux sociaux. C'est pour ça que je renonce. Il y a plus important.

– Par exemple ? » Le ton est toujours aussi rude.

« Vous. Ma famille, nos amis, les bons livres…

– Ah, je comprends, dit Simon sarcastique. Tu dégages ta responsabilité.

– Maintenant ça suffit, intervient Rahel. Ton père n'est ni un irresponsable ni un lâche. Tu ne sais pas ce qui s'est passé l'année dernière à l'université. »

À l'époque elle en a parlé assez souvent avec Selma, mais une seule fois avec Simon. Elle voulait le protéger, qu'il ne subisse aucun préjudice à cause de son père. Rétrospectivement, elle trouve ça lamentable et, comme pour rattraper ce retard, elle confronte à présent son fils aux événements de l'été passé.

Dans le silence qui suit, Peter dit : « Ça suffit ! Vous n'avez plus que quelques heures à passer ici.

– Pas dans la cuisine en tout cas, dit Rahel. J'ai besoin d'être tranquille pour faire mon gâteau. »

Elle les chasse tous. Simon attrape Max au passage, et Rahel le voit ensuite par la fenêtre faire « à dada sur mon bidet » avec l'enfant sur ses genoux qui pousse des hurlements de joie.

Plus tard, elle est assise à la table de la cuisine, les yeux tournés vers le four, dans ses narines le lourd parfum chaud et sucré du gâteau en train de lever. C'est Selma qui l'a fait. Elle est meilleure pâtissière.

Sa fille est debout à la fenêtre et lui tourne le dos. La question qu'elle pose se veut anodine, mais Rahel la connaît trop bien pour ne pas entendre le sous-texte. Quelque chose cloche.

« Vous pourriez prendre les enfants dans quinze jours pour le week-end ? De vendredi à lundi ? Vous les déposeriez au jardin d'enfants lundi matin et j'irai les chercher l'après-midi.

– Tu veux passer du temps seule avec Vince ? » demande Rahel qui fait l'innocente.

Selma ne répond pas tout de suite. Elle s'approche de la cuisinière, se penche, regarde par la vitre du four et murmure : « Ça a l'air pas mal. » Et elle ajoute avec une indifférence feinte : « Vince s'en va pour le week-end. Une virée en canoë sur l'Unstrut. Tu sais bien, sa sortie annuelle avec ses potes.

– Regarde-moi », dit Rahel, et à la seconde où Selma se retourne et la regarde dans les yeux avec une gaieté forcée, elle sait.

« Je croyais que tu voulais sauver ton couple. »

Selma se rembrunit d'un coup. Elle s'assied sur la chaise en face avec un profond soupir. « Oui, je veux. Mais je dois vérifier si mon sentiment pour Vince est encore assez fort.

– Et tu crois que ce sera plus clair pour toi si tu vois ton amant.

– Oui ! » Le mot a jailli. « Je le crois. Je vais peut-être me rendre compte qu'il n'est pas si génial que ça.

– Un week-end sans enfants, sans obligations, sans la routine du quotidien ne te renseignera guère sur ses mauvais côtés, Selma. »

Rahel secoue la tête. Son regard s'échappe vers l'extérieur, elle voit Peter et Simon plongés dans une discussion animée tandis que Max assis par terre observe avec fascination la cigogne qui déambule d'un pas solennel.

« Maman, je t'en prie.

– Tu as dit tout à l'heure que c'était sympa d'avoir une famille.

– Oui ! Je sais. Mais tout de même !... Comment te décrire ça... Je suis très différente avec... », elle hésite à prononcer son nom, finit par le faire d'une voix très douce et très tendre, « ... avec Moritz. Je suis davantage moi-même en quelque sorte. »

La journée a perdu son innocence. Rahel sent un poids sur ses épaules. Elle se sent rapetisser, ses épaules se tassent, les coins de sa bouche s'affaissent.

« Bon, dit-elle d'un ton las. Mais je ne mentirai pas à ton père. Le moment est mal choisi pour les secrets.

– Papa comprendra », rétorque Selma triomphante, elle dépose un baiser sur la joue de sa mère, attrape son téléphone et se précipite dehors. Rahel la voit passer devant Max et les hommes, direction le rocher. Elle a envie de pleurer.

Elle règle le minuteur pour ne pas oublier le gâteau. Puis sort dans la cour.

Peter est au téléphone. Tous ceux auxquels il tient l'ont appelé avant l'heure du déjeuner. Ruth est restée très peu de temps au bout du fil mais a promis de rappeler demain. Henni et Axel lui ont même chanté bon anniversaire et il les a invités à venir prendre un pot dans quinze jours. Rahel n'a pas le cœur de lui dire que ça va tomber à l'eau parce qu'ils auront les petits-enfants.

Ils passent le reste du temps à se baigner, se promener et manger tous ensemble. Il ne reste qu'une toute petite part du gâteau superbement réussi de Selma. Rahel l'emballe dans une feuille d'alu et la fourre discrètement dans la poche de Simon.

Les enfants lèvent le camp peu après quatorze heures. Max fera la sieste dans la voiture et Simon arrivera à Munich avant minuit malgré le petit crochet par Dresde.

Curieusement, Rahel n'éprouve aucun regret à les voir partir. Il est vrai que Simon et Selma ne sont restés qu'un jour et demi. Elle cherche une trace de souffrance, mais rien.

À dix-sept heures, elle ouvre la bouteille de crémant qu'elle gardait bien cachée au fond du réfrigérateur et ils trinquent aux cinquante-cinq ans de Peter. Environ une heure plus tard, elle est allongée nue et épuisée à côté de lui dans le lit. Cette fois c'est lui qui a pris l'initiative, et maintenant ses doigts vont et viennent doucement le long de son dos.

« Il faut que j'aille aux toilettes », murmure-t-elle, mais sans bouger d'un pouce. Si elle reste dans cette position, les jambes repliées, elle peut tenir encore un moment.

« C'était sympa avec les enfants, dit-il. Mais sans eux c'est très sympa aussi. »

Rahel surprise tourne la tête vers lui. Ses doigts remuent toujours sur son dos, mais de manière quasi automatique à présent, comme une machine qu'on a mise en route et qui ne s'arrête que si on la débranche. Soudain il retire sa main et se retourne sur le dos.

« Tu sais, dit-il, aujourd'hui si tu prenais un amant je m'en accommoderais. »

Rahel retient son souffle, mais Peter continue d'un ton léger.

« Je crois que rien ne peut plus nous séparer. Désormais nous pourrions sortir des sentiers battus sans nous perdre. Tu ne trouves pas ? »

Il se tourne vers elle, mais Rahel ne bouge pas le petit doigt.

« Non, je ne trouve pas », murmure-t-elle.

Il l'entoure de son bras, elle sent son souffle dans sa nuque.

« Je voulais juste dire que je comprends tes besoins », avance-t-il prudemment, et lorsqu'elle lui demande –

toujours incapable de bouger – ce qu'il en est de ses besoins à lui, un long silence s'installe.

« C'est sympa de refaire l'amour avec toi, dit-il enfin. Mais si nous ne le faisions pas, je pourrais sans doute m'en accommoder. Je t'aime. Dans tous les cas. »

Les trois mots magiques ne manquent pas de produire leur effet. La paralysie de Rahel se dissipe peu à peu et le besoin d'aller aux toilettes revient, si pressant qu'elle se lève d'un bond et file dans la salle de bains.

Puis elle vient se recoucher près de lui.

Peter s'assied et se passe la main dans les cheveux. « Excuse-moi. Je ne sais pas ce qui m'est passé par la tête.

– Ce n'est pas une bonne idée », dit Rahel, et elle ajoute après une courte pause : « Je crois que tu sous-estimes la dynamique qu'un autre homme introduirait dans notre relation. Crois-moi, ça ne marchera pas. »

Il acquiesce. « Ma raison m'inspire parfois de ces idées…

– Oui », dit-elle avec un profond soupir. « Parfois ta raison est vraiment un obstacle. »

Troisième semaine

Lundi

Le premier jour de leur dernière semaine débute par une douleur du côté gauche, comme une décharge électrique qui part de la fesse et descend jusque dans la jambe. Ce n'est pas la première fois qu'elle se coince le nerf sciatique. Elle déroule le tapis de yoga et fait les exercices que lui a indiqués le physiothérapeute pour les cas de ce genre. Une torsion de la colonne vertébrale et quelques étirements ciblés apportent un soulagement, mais plus tard le jet brûlant de la douche au creux de son genou la fait tressaillir à nouveau.

Elle secoue la serviette pour faire tomber une araignée, la regarde s'enfuir – ce n'est pas la première fois – et se demande si c'est toujours la même. Puis elle se frictionne, se sèche, enfile un jean et une tunique bariolée et descend l'escalier avec précaution.

Son corps a des caprices de diva de plus en plus fréquents d'année en année et qui assombrissent les perspectives d'avenir. Mais Rahel a décidé depuis longtemps de ne pas déléguer le contrôle de sa vie à ses os, vertèbres, tendons, articulations, muscles et nerfs. Il lui arrive même de parler au malfaiteur du moment, aujourd'hui c'est à son nerf sciatique qu'elle s'adresse. Elle jure de contribuer à son bien-être par des exercices quotidiens s'il lui fiche la paix. Mais elle prend tout de même un antalgique après le petit déjeuner.

Peter est assis dans la cour, entouré d'un cercle de chats et complètement absorbé dans le livre du pèlerin. Il l'a sans doute aperçue du coin de l'œil car il se pousse un peu et désigne la place libre en tapotant le banc du plat de la main.

« Viktor a noté quelque chose ici, dit-il.

– Ah oui ? Quoi ?

– *J'aimerais être capable de croire.*

– Moi aussi j'aimerais », répond Rahel en soupirant. « Et je sais ce que tu penses. »

Quand les enfants étaient petits, Rahel prise d'une crainte soudaine a envisagé le baptême.

« Nos enfants n'entreront pas dans ce club », a décrété Peter d'un ton sans appel.

Il était rare qu'il lui oppose un *Non !* aussi catégorique, mais quand il le faisait Rahel n'avait aucune chance. D'autant qu'elle n'avait pas de motif raisonnable, si ce n'est que le baptême la rassurait.

Le *Non* de Peter l'a contrariée et soulagée à la fois. Comment aurait-elle pu inculquer à ses enfants une piété quotidienne ? Ils étaient athées depuis trois générations.

Peter lui donne un coup de coude.

« Ah bon ? Ça recommence ? » demande-t-il narquois.

Elle rit et hausse les épaules.

« La foi est une source d'énergie à laquelle je n'ai pas accès, dit-elle.

– Trouves-en une autre », réplique-t-il froidement. Le chat à l'oreille en moins accourt, saute sur ses genoux, tourne sur lui-même et se roule en boule.

« Si c'était aussi simple… »

La douleur irradie de nouveau dans sa jambe. Elle pose le pied gauche sur sa jambe droite et exerce une légère pression des mains sur la jambe surélevée et fléchie.

« Sciatique ? demande-t-il inquiet.

– Comment sais-tu ?

– Parce que tu fais toujours ça quand tu as une crise.

– Eh oui, je deviens vieille. »

Il ne relève pas et demande : « Qu'est-ce que tu en dis, si on allait passer une journée à Ahrenshoop pour voir Viktor et Ruth ?

– J'y ai déjà pensé », dit-elle. Elle transfère son poids sur la fesse droite et finit par se lever. « Mais je ne peux pas rester assise dans la voiture pendant des heures. »

Elle fait quelques pas dans un sens puis dans l'autre, et pose la jambe gauche sur le banc.

Peter joue avec l'oreille du chat qui ronronne. Il lui donne une pichenette et sourit quand elle tressaille.

« Au cas où Viktor serait en état... tu vas lui parler ? » demande-t-il, et il ajoute après un silence songeur : « S'il s'avérait qu'il est ton père, tu hériteras de cette maison un jour. »

Rahel est toujours figée dans cette position jambe-levée qui atténue la douleur.

« J'y ai déjà pensé aussi », dit-elle.

Elle repose lentement la jambe par terre, se met à genoux, s'étire à nouveau et pousse un soupir de soulagement. Soit le médicament commence à agir, soit l'étirement a aidé – en tout cas la douleur n'est plus qu'un point.

Peter l'accompagne au lac, bien qu'il soit déjà allé se baigner avant le petit déjeuner.

« De quoi parlais-tu hier avec Simon ? Quand vous étiez dans la cour ? demande-t-elle sur le trajet.

– De l'état de la nation », répond-il avec une pointe d'ironie, mais il ajoute plus sérieusement qu'il a été question de la considération à laquelle Simon devait s'attendre ou plutôt ne pas s'attendre en tant que soldat de métier. De l'opinion publique qui a radicalement changé sur ce point. Se rendait-il bien compte de la vie qu'il allait mener : mutations fréquentes, interventions à l'étranger, danger réel, sans oublier la réprobation de tous ceux qui considèrent les soldats comme des meurtriers.

« Et ? »

Peter hausse les épaules. « Il va le faire quand même. *Il faut bien que quelqu'un le fasse*, a-t-il dit. *Pour que les autres puissent flotter dans leurs jolies petites bulles.* Et il a raison. »

En fait ils avaient décidé de ne plus chercher à le convaincre. *Si personne n'est prêt à défendre les conditions de la liberté, c'est la fin de la liberté*, a dit Simon un jour, et bien qu'elle soit d'accord avec lui, reste la réticence à voir son propre fils assumer cette responsabilité.

Elle soupire et se tait.

« Mais pour cet État-là ! » s'indigne Peter. « Avec ses interdits, ses impératifs et ses milliers de règlements à tous les niveaux, un État qui se fiche pas mal de la vraie liberté…

– Peter. » Rahel lui prend le bras. « Non. »

Il reprend son souffle, hoche la tête et se tait.

Sur leur lieu de baignade, une vieille femme en maillot de bain de sport est assise contre un arbre et regarde le lac. Elle se retourne vers eux, les salue, ramasse ses affaires et s'en va.

« Nous ne voulons pas vous chasser », dit Peter, mais elle fait un signe de dénégation et assure qu'elle doit rentrer chez elle de toute façon.

Tandis qu'elle se risque à faire quelques brasses précautionneuses pour ne pas irriter son nerf, Rahel ne pense plus à Simon mais à la fin de leurs vacances et à la rentrée. Dans une semaine aujourd'hui, à peu près à cette heure-ci, elle sera assise en face de Jannik B., un pleurnichard de vingt-cinq ans. Dépourvu de toute motivation intrinsèque. Qui commence une phrase sur deux par : « C'est mon droit… » Un pauvre type qui a la maturité d'un petit enfant.

Rahel a passé de nombreuses séances à essayer d'identifier ce qui a déraillé dans sa vie ultra protégée. Un jour il lui a parlé du système de récompense que ses parents ont appliqué pendant toute son enfance : il recevait de l'argent pour chaque bonne note, idem quand il descendait la poubelle, vidait le lave-vaisselle ou faisait les courses. Les compliments pleuvaient pour chaque tâche effectuée spontanément, et il ne se souvient pas d'avoir jamais été critiqué par ses parents. Les récompenses augmentaient au fur et à mesure qu'il grandissait, prenant des proportions considérables. L'image de soi qui en a résulté est incompatible avec un monde qui ne lui accorde pas autant d'attention et d'admiration.

Tout de suite après, elle verra entrer Susanne L., une femme de trente-huit ans qui vient d'avoir son premier enfant. Elle voulait accoucher à domicile mais a dû être hospitalisée in extremis. Ce qui prédomine chez elle n'est pas la joie d'avoir un bébé en pleine santé, sauvé par une césarienne de l'hypoxie qui le menaçait, mais la conviction de souffrir d'un grave traumatisme à cause de la violence de l'intervention. Elle et son mari avaient rêvé d'un tout autre scénario – une expérience vécue en pleine conscience, avec de la belle musique et bien sûr sans personnel hospitalier. Lors de la première séance, Rahel n'a pu se retenir de souligner que Mme L. était redevable à ce personnel de la vie de son enfant. Mais la femme s'obstine malgré tout dans sa souffrance. Un traumatisme qui tire son origine de l'écart entre désir et réalité.

Ensuite, après la pause café, Rahel recevra Hannes F., trente et un ans, qui souffre de psychoses à la suite d'une consommation excessive de cannabis pendant l'adolescence, n'a jamais travaillé plus de quelques mois d'affilée, aime surtout se la couler douce et n'a qu'un mot à la bouche : le revenu de base universel sans condition. S'il en bénéficiait, il réaliserait une foule de projets, et si Rahel lui demandait ce qui l'empêche de s'y mettre, il répondrait qu'il a l'administration sur le dos et déjà assez de mal à échapper aux jobs qui lui sont proposés. Tous indignes de lui, dirait-il en secouant la tête. Inacceptables psychiquement.

Les périodes d'abondance produisent des êtres faibles, pense-t-elle, et elle ne s'exclut pas du lot.

Sa patience face aux gens qu'elle soigne a diminué

de façon inquiétante. Il serait grand temps de voir son superviseur ; elle prendra rendez-vous dès le retour des vacances.

Rahel plonge la tête sous l'eau, s'abandonne à l'apesanteur et essaie d'oublier le travail. Les pensées s'éloignent, la douleur aussi s'est envolée, c'est un instant parfait. Elle émerge, regarde vers la rive où Peter est debout dans l'eau peu profonde, le pantalon retroussé, et elle espère qu'elle pourra toujours s'appuyer sur cet instant-là.

*

Ruth appelle en fin d'après-midi. Viktor va nettement mieux, déclare-t-elle avec entrain – un pas de géant vers la guérison. Elle ne peut pas se l'expliquer, mais ce matin il a évoqué pour la première fois l'avenir, c'est signe que le moral revient. Sa motricité fine n'a guère progressé il est vrai, pas question d'envisager un travail artistique, mais son élocution s'améliore, ils font des promenades plus longues et son appétit augmente de jour en jour. Sa vraie personnalité ressurgit. Ce matin il a envoyé bouler un aide-soignant qui lui parlait comme à un petit enfant, en répliquant qu'il était vieux mais pas débile. Et au déjeuner, il a raconté une blague à Ruth.

« Ah, Ruth, j'en suis ravie », dit Rahel.

Peter qui est au pied de l'escalier bras croisés sourit en levant le pouce.

« Si nous venions vous voir, qu'est-ce que tu en penses ? demande Rahel. Jeudi par exemple. »

Ruth ne répond pas tout de suite.

« Venir nous voir », répète-t-elle au bout d'un moment. « Pourquoi pas ? Mais il faut d'abord que je demande à Viktor. Ce sera peut-être trop pour lui. »

Jamais encore il n'a été possible de conclure le moindre accord avec l'un des deux. C'était toujours : *Il faut que je demande à Viktor*, ou bien : *Demandons d'abord à Ruth*.

Combien de décisions Rahel a-t-elle prises sans interroger Peter ? Combien de fois a-t-il été informé l'après-midi même qu'il y aurait des invités le soir ? Combien de fois a-t-elle décidé d'un lieu de vacances, acheté des meubles, engagé des travaux de rénovation ?

Après que Ruth a raccroché, Rahel fait quelques pas vers Peter.

« As-tu déjà eu le sentiment que j'étais trop directive ? »

Il éclate de rire. « Disons plutôt que tes décisions ont toujours été des ordres.

– Mais tu ne me l'as jamais dit ! » marmonne-t-elle, et elle sent la tension monter en elle.

« Mais si, je te l'ai dit ! répond-il. *Pour vous servir, mon capitaine !* ou *Oui madame, bien madame !* ou *À vos ordres, madame le général !* Ce n'était pas assez clair, sans doute. »

Il n'a pas fini de parler que la tension se mue en une colère subite. D'un seul coup, toute son attitude lui paraît condescendante. Cette supériorité affichée, ses petites remarques blessantes. Pour qui se prend-il ?

« Qu'est-ce qui se passe ? » demande-t-il et son ton candide la fait sortir de ses gonds.

« Que veux-tu qu'il se passe ? » siffle-t-elle entre ses dents. « Si ce n'est que je suis coupable, évidemment ! Je n'ai pas tenu compte de tes conseils sarcastiques, donc tu as souffert.

– Je n'ai pas dit que j'avais souffert. C'est toi qui as lancé le sujet ! » Il la regarde, perplexe. « Te critiquer n'est pas facile. Tu peux être assez intimidante. Je ne sais pas si tu t'en rends compte. »

Il aurait mieux fait de se taire. C'est comme s'il avait ouvert toutes les vannes. Un flot de rancœurs accumulées se déverse sur lui. À cause de tous ces jours où il l'a évitée, toutes ces heures qu'il a passées dans une autosuffisance blessante, et à cause de ces rapports sexuels insipides qui n'ont jamais apaisé sa faim. La volonté ici est impuissante. Car elle ne voulait absolument pas dire ça. Elle n'en était même pas consciente. Tandis que les mots jaillissent d'elle à flots, elle est effrayée par leur véhémence et quand enfin tout est dit, elle se retrouve complètement épuisée face à lui.

« Oh mon Dieu, excuse-moi, pardon. »

Mais au lieu de se fâcher il dit d'un ton indulgent :

« La coupe finit par déborder, pas vrai ? Un jour ça finit par arriver. Je comprends.

– Non ! rugit-elle. Justement tu ne comprends pas ! Ça ne déborde jamais chez toi !

– Tu te trompes, Rahel », rétorque-t-il acerbe. « Tu n'as aucune idée de ce qui se passe là… », il se tapote la tête, « … là-dedans. »

Et il s'en va.

À la Peter, sans ajouter un mot.

Plus tard, elle est devant la porte fermée de sa chambre, espérant qu'il va sentir sa présence. Ne l'a-t-il pas entendue arriver ? Les lattes du plancher craquent à chaque pas, transférer son poids d'un pied sur l'autre fait déjà du bruit. Elle tend l'oreille et repense à une réflexion que Peter lui a faite au printemps. À cause du virus, les gens s'étaient mis à faire de grands détours en se croisant. Il lui a dit qu'elle était une de ces personnes que l'on évite, tandis que lui faisait partie de ceux qui cèdent le pas. Dans les promenades en montagne, sur des sentiers étroits, Rahel restait toujours sur le sentier tandis que ceux qui venaient en sens inverse se pressaient contre la paroi ou grimpaient sur une saillie pour lui laisser la place.

« Tu es adaptée à la vie, a-t-il dit. Ta présence au monde est une évidence, tandis que moi… » Il n'a pas terminé sa phrase.

Elle n'y a pas réfléchi à l'époque, mais ces paroles lui

apparaissent maintenant comme la clé de cette porte derrière laquelle se révèle son moi profond.

Tout est silencieux chez lui…

Elle pose la main sur la poignée, hésite, la retire et marche d'un pas ferme vers sa propre chambre.

Mardi

La main sur son épaule est fraîche et l'odeur du café tout juste passé lui monte aux narines.

« N'aie pas peur, chuchote Peter.

– Quelle heure est-il ? murmure-t-elle.

– Sept heures et quelque. » Il retire sa main et s'éclaircit la voix.

« Tu étais devant ma chambre hier, dit-il. Je t'ai entendue, j'ai voulu me lever, ouvrir la porte et te parler. Je le voulais vraiment. Mais je n'ai pas pu. J'étais complètement paralysé. »

Elle s'assied, ôte la gouttière de sa bouche et prend la tasse de café qu'il lui tend.

« Parfois ma solitude est si grande… »

Ses bras se lèvent, ses mains se referment sur le vide et retombent. « Chaque fois que je veux t'en parler, les mots me manquent. Ou bien je les trouve, mais je n'arrive pas à les prononcer. »

Il se tait un instant, regarde par la fenêtre.

« Je n'ai que très rarement le sentiment d'être

vraiment compris, Rahel. Peut-être as-tu épuisé tes réserves de patience auprès de tes malades. » Un sourire amer lui échappe. « Tu aurais dû épouser un optimiste. Un fonceur jovial. »

Elle le déteste quand il dit ce genre de chose. Au bout de trente ans de mariage ou presque, elle ne veut pas l'entendre dire que leur vie est une erreur.

« Arrête, Peter », réplique-t-elle sèchement, puis elle ajoute d'un ton un peu radouci : « Je ne te demande pas d'être un autre. »

Il lui adresse un sourire las et, pendant une fraction de seconde, elle voit en lui le vieil homme qu'il sera un jour.

« Je t'aime, dit-elle. Et je veux qu'on s'en sorte ensemble. »

Elle appuie la tête contre son dos, passe les bras autour de sa taille et l'étreint. Puis elle se lève, va aux toilettes dans la salle de bains, et quand elle revient il est allongé dans son lit.

Ses yeux sont fermés, son souffle est régulier. « Je ne dors pas », marmonne-t-il.

Elle l'embrasse sur le front et sort à pas de loup.

Tout en grignotant son toast sans conviction, elle écrit la liste des courses.

Rien que d'y penser elle est fatiguée. Moins elle en fait, plus elle a l'impression de s'affaiblir. Pour la première fois depuis le début des vacances le tempo serré du quotidien lui manque, le sentiment agréable de concilier mille et une choses et d'être légitimement fatiguée le soir. Une vie sans obligations ne l'excite guère.

Elle plie le bout de papier, regarde dehors dans la cour, et un souvenir l'assaille.

Elle devait avoir environ huit ans. Edith, Tamara et elle étaient venues à Dorotheenfelde pour le Nouvel An, et une violente tempête de neige s'était déclenchée. Il neigeait à longueur de journée. Des congères de plusieurs mètres tout autour de la maison et de la cour les coupaient du monde extérieur.

Viktor et un deuxième homme – une des autres familles vivait encore dans la maison à l'époque – dégagèrent l'entrée à la pelle, et une montagne de neige s'éleva bientôt au milieu de la cour. Il faisait un froid glacial et ni Rahel ni Tamara n'étaient équipées pour un hiver pareil. On installa Tamara sur une fourrure avec ses jouets devant le poêle de la cuisine, mais Rahel se sentait attirée par l'extérieur. Avec l'aide des deux hommes, elle creusa un tunnel à la pelle à travers la montagne de neige de la cour, et ils agrandirent la partie centrale du tunnel pour former une grotte. Les gants tricotés de Rahel furent trempés en un clin d'œil et raidis par le gel, le vent s'engouffrait à travers les mailles lâches de son bonnet de laine et ses oreilles étaient endolories par le froid. Elle finit cependant par se retrouver assise au cœur du tas de neige, dans un silence total. Un silence comme seule la neige en produit. La tempête avait cessé et quand Rahel ressortit à quatre pattes de l'autre côté de la grotte, seuls quelques flocons épars étincelaient d'un éclat argenté dans le soleil. Aveuglée par la lumière éblouissante, par la beauté et par ce silence hivernal, elle resta assise un long moment. Jusqu'à ce que quelqu'un (Viktor ?) l'attrape et l'emporte à l'intérieur, dans la cuisine où on la déshabilla, ses pieds gourds furent plongés dans une cuvette d'eau froide, au bout d'un moment ils commencèrent à la picoter et à lui faire mal, quelqu'un (Ruth ?) lui éplucha une orange et lui en fourra les quartiers dans la bouche piqués sur une fourchette. Elle pleurait de douleur tout en mangeant l'orange sucrée et les adultes se disputèrent pour savoir qui l'avait oubliée dehors. Edith finit par sortir de la cuisine en pleurant. Elle faisait toujours ça quand elle n'en pouvait plus. Elle n'allait jamais jusqu'au bout d'une conversation difficile ; tôt ou tard elle s'écriait : « Bon, d'accord ! C'est ma faute ! À qui d'autre, sinon ? »

Les souvenirs reviennent à leur guise. Aujourd'hui, après plus de quarante ans, par cette journée d'été, Rahel revoit les larmes de sa mère. Elle a le goût de l'orange dans la bouche et la sensation de ses pieds à moitié gelés. Le chagrin de n'avoir pas reconnu son père en la personne de Viktor ce jour-là lui noue la gorge, et si elle doutait encore qu'il faille poursuivre sa recherche, ce doute s'est envolé.

Elle attrape deux cabas vides et se dirige vers la voiture, elle a l'impression d'être à quelques mètres du but. Bientôt, elle sera face à Viktor. Alors elle saura. Même s'il ne lui donne pas la réponse, elle la verra dans ses yeux.

Elle vient de dépasser le rocher quand son téléphone sonne. Elle arrête la voiture.

« Hello, dit Selma presque tendre. Je voulais juste te demander si ça marche pour le week-end prochain. »

Rahel lève les yeux au ciel. C'était donc ça.

« Je n'en ai pas encore parlé à ton père.

– Pourquoi ?

– Ça ne s'est pas trouvé. Nous avions nos propres sujets de discussion », répond-elle.

Un fracas de ferraille se fait entendre en arrière-fond chez Selma.

« Max a emplâtré l'armoire avec son tricycle », explique-t-elle sans s'émouvoir.

« Et que fait Theo ?

– Bonne question. » Rahel entend Selma crier le nom de Theo, puis c'est le silence pendant quelques secondes.

« Maman ? Tu es toujours là ?

– Oui, oui, s'impatiente Rahel.

– Theo s'est coupé les cheveux. Je dois raccrocher. Mais préviens-moi quand tu auras parlé à papa. »

Elle descend lentement la route qui mène au village. Une dent, en haut à gauche, se signale à son attention. Elle la sent depuis plusieurs jours déjà. Ce n'est pas un vrai mal de dents ; juste la sensation d'une présence. Cette sensation est un avertissement. La douleur suivra tôt au tard.

Aujourd'hui la camionnette du boulanger est là. Garée devant l'ancienne coopérative Konsum.

Enfant, elle avait toujours des picotements dans le ventre quand elle montait les trois marches du magasin. Le choix lui paraissait beaucoup plus vaste ici que chez elle à Dresde. Elle se trompait sans doute. Cela tenait probablement au fait que Viktor lui achetait ce dont elle avait envie.

Elle gare la voiture et se met dans la queue. Des vieilles dames bavardent avec l'accent de la région. Elles pestent contre la chancelière et contre la sécheresse, baissent leur masque et font le constat que ce n'était pas mieux avant, mais que c'était moins fou. Rahel les écoute amusée. L'attente se termine presque trop vite.

Elle reprend la voiture et tout en roulant vers la ville titille sa dent avec la langue, la tâte, la presse, elle veut l'amadouer, la calmer ; c'est comme si la dent s'était réveillée et réclamait désormais son attention. Souvenir de ces nuits de martyre causées autrefois par des rages de dents. Elle accélère sans le vouloir.

Au centre commercial elle remplit son caddie, ils ont

de quoi tenir jusqu'à la fin des vacances et leurs successeurs trouveront encore un bon stock de provisions.

Plus que quatre jours.

Dans la queue à la caisse, une jeune femme papote au téléphone. Elle parle de sa dépression d'une voix sonore et joyeuse. Son apparence la contredit – maquillage, rouge à lèvres, mascara, coiffure, tout est impeccable –, mais ce n'est pas un hasard si les critères ont changé. Dans la CIM-10, la Classification internationale des maladies, les critères diagnostiques des troubles mentaux ont été affinés au fil des ans. Quand Rahel a commencé à exercer, quelques semaines de mélancolie étaient considérées comme tout à fait normales, une petite déprime passagère, alors qu'elles relèvent aujourd'hui des troubles de l'humeur de catégories F32.0, F32.1 et F32.2 – les différentes manifestations d'un épisode dépressif. La personne dont les symptômes persistent plus de deux semaines peut être déclarée malade.

Elle se demande parfois si la psychologie dans son ensemble n'est pas une gigantesque erreur – une évaluation d'états psychiques banals déterminée par l'air du temps. Une surinterprétation permanente. Un quart des enfants présenteraient soi-disant des problèmes psychiques. Si c'est le cas, la société tout entière court à la catastrophe.

Elle ne tient jamais ce genre de propos à voix haute. Par peur non pas de choquer, mais de donner aux mots plus de réalité à force de les répéter. Même face à Peter elle évite le sujet. Elle redoute son approbation qui ne ferait qu'accroître ses propres doutes. Car elle aime son métier malgré tout, et elle sait par ses patients qu'elle a souvent réussi à les aider.

Une fois ses achats scannés, Rahel sort deux billets de cent, s'attire un commentaire agacé de la caissière et lui souhaite néanmoins une bonne journée. Dehors sur le parking elle achète une crème glacée chocolat-vanille à la camionnette du glacier et s'assied dans la voiture portière ouverte.

Sa dent ne réagit pas au froid.

*

Lors d'une promenade tardive à travers champs, Peter lui prend la main. Baila trotte derrière eux, mais s'entête à ne pas lâcher Peter d'une semelle. Les douces collines de l'Uckermark moutonnent jusqu'à l'horizon. Les céréales sont mûres, le ciel est vaste. Un milan royal tournoie au-dessus d'eux, que Rahel a pris pour une buse. Peter lui tend les jumelles.

« D'accord », admet-elle quand l'oiseau décrit un virage sur l'aile et qu'elle distingue sa queue rousse et crantée.

« Il y a encore tant de choses auxquelles je pourrais m'intéresser. L'ornithologie par exemple, dit Peter gaiement. J'ai envie de tout, sauf de ce qui m'attend à l'université.

– Tu auras peut-être la chance que le virus vienne à ton secours. »

Un sourire de gamin malicieux éclaire le visage de Peter.

Elle lui parle des vieilles dames devant la camionnette du boulanger, et de leurs réflexions sur les temps anciens qui n'étaient pas meilleurs mais qui étaient moins fous. Elle sait que ça va lui plaire. Il traduit aussitôt dans sa propre langue. « Il n'y a plus de faits, rien que des constructions mentales. Ça rend les gens dingues. Ils sentent que ce n'est pas la réalité, mais on leur enfonce le clou. Tant et si bien qu'ils finissent par ne plus se fier à leur intuition. »

Rahel sourit. « Les vieilles dames se fient encore à leur intuition, fait-elle remarquer.

– Mais les vieilles dames vont bientôt mourir », rétorque Peter.

*

Il fait déjà nuit quand Ruth appelle. Elle paraît un peu éméchée et avoue avoir déjà vidé deux bouteilles de vin avec Frauke, l'amie chez qui elle loge. Elle va on ne peut mieux. Elle a passé une journée magnifique avec Viktor au bord de la mer, dans un abri de plage avec un pique-nique.

« Tu t'imagines, raconte-t-elle gaiement. Il voulait aller se baigner ! » Elle a eu beaucoup de mal à l'en dissuader. Quand elle lui a parlé de leur visite, il l'a regardée avec des yeux de chevreuil effarouché, dit-elle en riant, et elle ajoute : « Mais il n'y a pas de problème, venez. Jeudi si possible. »

Peter est encore assis à son bureau.

Vu de dos, dans la lumière blafarde de la petite lampe, il a brusquement l'air d'un vieillard.

« Ruth a appelé, dit-elle tout bas. Nous pourrions aller faire un tour là-bas jeudi.

– Parfait. »

Il se retourne vers elle, enlève ses lunettes et le voilà redevenu jeune. « Approche-toi », dit-il.

Il l'attire vers ses genoux – son petit corps léger –, entoure sa taille, enfouit la tête contre sa poitrine et émet un petit gloussement de bien-être, tel un enfant repu. Elle se raidit aussitôt. Elle ne supporte pas les hommes sentimentaux. Sensibles, tendres, oui. Mais ça ? Elle n'est pas sa mère.

Rahel s'écarte. Elle sort de sa chambre comme une voleuse sous prétexte d'aller aux toilettes.

Plus tard, elle revient le voir. Il est déjà couché. Son regard distant dit qu'il a compris.

« Je suis désolée, ment-elle. Je suis nerveuse. C'est ma dent. »

Elle désigne sa joue gauche avec une mine contrite. Puis s'allonge près de lui, se roule en boule et se love dans le creux de son bras.

Tout ce qu'il ignore d'elle :

Qu'elle chante et danse parfois à travers la maison sur la musique à plein volume.

Qu'elle a des fantasmes. Indescriptibles.

Qu'elle prie en cachette.

Qu'elle a peur de le perdre.

Qu'elle craint de provoquer elle-même cette perte.

Qu'elle ne saurait jurer de rien pour ce qui la concerne.

Qu'elle aurait la conscience plus légère s'il en allait de même pour lui.

Qu'elle trouverait insupportable qu'il en aille de même pour lui.

« Serre-moi fort », dit-elle.

Ce qu'il fait, il lui embrasse les cheveux et elle retrouve son calme.

Mercredi

Peu avant trois heures du matin, Rahel se précipite dans la salle de bains, la tête lui tourne et elle ruisselle de sueur. Ensuite elle reste une bonne heure assise tremblante sur son lit et attend que l'antalgique agisse. Elle tombe dans un demi-sommeil dont elle s'éveille en sursaut toutes les demi-heures, se traîne jusqu'aux toilettes peu après six heures et demie, se glisse plus tard dans la chambre de Peter et lui dit qu'elle prend la voiture pour aller chez un dentiste en ville.

Le tonus corporel de la dentiste révèle la sportive. Chaque geste est parfait. Rahel se détend aussitôt et s'abandonne avec confiance à cette femme.

Un liquide réfrigérant est vaporisé sur un minuscule tampon de coton appliqué contre sa dent.

Rien.

« Test de vitalité pulpaire négatif », dit la dentiste à son assistante.

Rahel passe une radio et doit attendre.

De retour dans la salle de soins, verdict sans surprise : inflammation de la racine. Traiter le canal radiculaire serait difficile, car la dent possède trois racines longues et très incurvées. On n'arrivera sans doute pas à la calmer de manière durable.

Une bonne heure plus tard, après avoir rempli et signé tous les formulaires imaginables et s'être engagée ce faisant à ne pas prendre le volant après l'intervention, Rahel quitte le cabinet avec une épaisse compresse imbibée de sang dans la bouche. Elle la garde encore un moment serrée entre ses dents puis la recrache dans un mouchoir et démarre.

Peter l'attend avec un regard soucieux. Il lui apporte un bloc réfrigérant enveloppé dans un torchon propre, s'assied sur le lit à côté d'elle et lui caresse le bras.

« C'est bon », marmonne-t-elle. « Ça ira mieux ce soir. »

Mais la mine de Peter reste grave.

« Les nouvelles sont mauvaises, dit-il. Pendant que tu étais partie le téléphone a sonné plusieurs fois. Au début je n'ai pas répondu en me disant que ce n'était pas pour nous, et puis finalement… » Il s'interrompt un instant. « Viktor a disparu.

– Quoi ?

– Il a dû sortir du centre de rééducation très tôt ce

matin, avant la relève du personnel soignant. Pour l'instant on n'a aucune trace de lui. »

D'une main sans force, Rahel attrape son téléphone dont elle avait coupé le son pendant la séance chez le dentiste. Trois appels en absence, de Ruth.

« Ruth envisage le pire, poursuit Peter. Viktor n'a certes pas laissé de lettre d'adieu, mais il n'était plus en état d'écrire. Ils ont averti la police et la surveillance côtière. S'il est entré dans l'eau, il n'y a guère d'espoir. Depuis hier il y a de la houle avec un fort courant sous-marin. Même un bon nageur…

– Mais non, murmure-t-elle. Ce n'est pas possible. »

Elle regarde Peter

« Nous ne pouvons rien faire », dit-il.

Elle se sent comme environnée d'eau. Un bruissement dans les oreilles. La mer, pense-t-elle, la mer fait ce bruit. Mais le bruissement se transforme en mugissement et elle est prise d'un étourdissement violent. Peter arrive à temps avec un seau. Elle vomit d'un trait et retombe sur son lit. Peter lui tend un gant de toilette et emporte le seau.

L'anesthésie continue à agir sur la partie gauche de son visage, l'insensibilité s'étend jusque derrière l'œil. Mais la douleur de la plaie se réveille peu à peu et fusionne avec cette autre douleur dont aucun médicament ne vient à bout.

Sur la table de nuit est posé l'elfe à l'aile brisée. Rahel le prend, caresse la cassure et prie à voix basse.

Elle passe les deux heures qui suivent dans un espoir inquiet. Le téléphone est à côté d'elle, et quand arrive un message de Selma qui repose encore une fois la question du prochain week-end, Rahel ne répond pas.

Elle revoit Viktor, assis au bord du lac avec elle un jour d'automne, en train de sculpter. Ses mains ont des gestes fluides et sûrs, il fredonne une chanson.

Quelle chanson ?

Elle ferme les yeux, convoque ses souvenirs, mais les sons s'estompent, puis l'image s'efface elle aussi, remplacée par une autre.

Edith, après la récidive de son cancer. Edith qui ne souffre pas en silence.

Elle fume et tousse et arpente son petit appartement comme un animal en cage. Ses récriminations contre le sort visent d'abord sa mère Anna. Puis son père en prend pour son grade, pour avoir été un souffre-douleur muet. Puis ce sont les hommes en général, le capitalisme, les pillards occidentaux, et pour finir c'est le tour de Viktor. Mais qu'a-t-elle dit exactement ?

Plus tard, pendant sa courageuse agonie, il n'y a plus eu d'éclats de ce genre. Elle a surmonté l'ultime épreuve de façon magistrale. Viktor est venu encore une fois mais n'est pas resté longtemps. Ont-ils parlé seuls, Ruth était-elle présente – Rahel ne sait plus.

Il y a trop de choses qu'elle ignore.

Si elle avait eu un peu de temps avec Viktor, elle lui aurait posé des questions.

Elle se rend compte avec effroi qu'elle le suppose déjà mort, et quand le téléphone sonne elle s'attend à une confirmation.

C'est Frauke. Il n'y a rien de neuf, les recherches se poursuivent, et Ruth est allée s'allonger un moment.

En début d'après-midi, Rahel se secoue et va se rafraîchir. Son visage est à peine gonflé. Elle a meilleure mine mais ne se sent pas mieux pour autant.

Elle avale un comprimé d'antalgique à titre préventif, descend l'escalier et trouve Peter dans la cour.

« Tu as des nouvelles ? » demande-t-il.

Elle fait un geste d'impuissance. « Ils continuent à chercher.

– Selma a appelé, dit-il. Elle demande si on garde les enfants le prochain week-end. Tu serais déjà au courant ? »

Incapable de lui expliquer les tenants et les aboutissants, elle se contente de soupirer.

Peter l'entoure de son bras et l'attire doucement vers lui. « On va se sortir de tout ça », murmure-t-il.

Voilà l'homme qu'elle aime. Qui n'exige pas d'elle qu'elle parle quand elle n'en a pas envie. Qui sait quoi faire dans un moment pareil. Elle ferme les yeux, s'abandonne à son étreinte et se persuade que Viktor est juste en train de faire une longue promenade.

La nouvelle arrive pendant le dîner.

C'est Ruth elle-même qui appelle. Pas le moindre tremblement dans sa voix tandis qu'elle résume en peu de mots les événements. Les garde-côtes ont trouvé Viktor il y a quelques heures. Son corps a été entraîné assez loin, il a dû réussir à parcourir une bonne distance à la nage avant de se noyer. Personne n'a d'explication.

Elle l'a déjà identifié et elle est de retour chez Frauke. Il y a pas mal de choses à régler mais elle viendra probablement samedi.

Comme Rahel lui demande si leur présence à Ahrenshoop l'aiderait, sa réponse est brève et ferme : non. Elle ajoute d'un ton un peu plus doux : « La meilleure façon de m'aider, c'est de continuer à vous occuper de tout à Dorotheenfelde.

– Bien sûr », promet Rahel. Puis elle se tait, un mot de plus et elle éclaterait en sanglots.

« Au revoir, ma chérie », dit Ruth. Et elle raccroche.

Peter reste auprès d'elle cette nuit-là.

Elle est allongée à côté de lui sans forces et elle l'écoute. Il admire le geste de Viktor. Quelle détermination il lui a fallu. De quel courage il dû faire preuve pour pénétrer dans l'eau sombre.

Elle pense : quelle lâcheté faut-il avoir pour ne pas

dire à son propre enfant qu'il est votre enfant. Mais peut-être que tout n'est pas vrai, peut-être que la nostalgie embrouille ses pensées.

Qu'il soit son père ou non – sa perte l'affecte profondément. Bientôt ils seront en première ligne. Les deux parents de Peter ne sont plus de ce monde, Edith est morte depuis onze ans, et maintenant Viktor. Après Ruth, Peter et elle seront les prochains, s'en plaindre est inutile.

Ils seront tous vaincus un jour.

Jeudi

Elle a dormi un tout petit peu.

Là où se trouvait encore sa dent hier matin, elle sent les fils, mais pas de sang et aucune douleur.

Peter est déjà levé, elle l'a deviné sans ouvrir les yeux, au courant d'air frais sur ses bras et sa nuque.

Un coup d'œil à la fenêtre lui indique qu'il doit être tôt. Elle s'assied sur son lit dans la lumière blafarde et sans ombre, et songe à Ruth. Comment fera-t-elle pour tout assumer ici à l'avenir ? Elle est encore robuste et en bonne santé, mais la maison, les animaux, l'immense terrain, c'est trop pour une personne seule. Elle va devoir vendre.

Nous y voilà, songe Rahel. Désormais les pertes l'emportent sur les gains. Elle secoue la tête malgré elle, se lève, titube jusqu'à la salle de bains et se rince la bouche sous le robinet. Puis elle s'habille et descend à la cuisine.

Après le petit déjeuner elle informe les enfants. Simon répond à la deuxième sonnerie. Il dit ce qu'on dit quand ce genre d'événement se produit et Rahel sait que cette mort ne changera rien au déroulement de sa journée.

Avec Selma, elle s'étend davantage. Selma dit des choses gentilles et intelligentes sur Viktor, en particulier sur son travail. Et puis elle pleure, et les pleurs de sa fille lui font du bien. Ce chagrin la rend très proche d'elle tout à coup.

Elle a dit un jour à Selma, il y a des années : «Je te souhaite d'avoir une fille qui soit comme toi.»

Ce vœu était une malédiction. Un anathème rempli de colère.

Si Rahel répétait ces mots aujourd'hui, elle leur donnerait un autre sens.

Avant de raccrocher, après une pause de plusieurs secondes, elle dit à sa fille qu'elle l'aime.

L'épuisement est total. Elle presse son visage entre ses mains, elle attend Peter, elle attend une amélioration, mais ne viennent que de nouvelles larmes et une aboulie contre laquelle elle ne peut rien. Outre la mort de Viktor, elle pleure sur tout ce qu'elle a pu dire qui a blessé Selma.

Que faire de cette journée ?

Quand Peter entre et lui demande s'il peut faire quelque chose pour elle, elle répond non.

Au moment de quitter la pièce, il dit : « Je suis presque content de ne plus avoir à vivre ça.

– De quoi parles-tu ?

– La mort des parents. »

Elle hoche la tête et essuie ses larmes.

La mère de Peter a souffert de démence précoce après des années de dépendance aux somnifères et aux antidépresseurs, et elle est morte à soixante-dix ans dans une institution. Son père avait disparu quelques années plus tôt. Obèse, il avait succombé à un infarctus à peine à la retraite.

L'attitude des parents à l'égard de leur fils était distante. Les études de Peter l'avaient éloigné d'eux. La fierté prédominait, mais ils ne savaient plus comment se comporter avec lui. Ils l'appelaient toujours *Monsieur le Professeur.*

Le grand sujet de leur vie était leur patrie perdue. La Prusse-Orientale pour le père, la Basse-Silésie pour la mère. Pourtant, malgré les demandes réitérées de Peter, ils ont toujours refusé d'aller revisiter avec lui les lieux de leur enfance et plus tard, après leur mort, Peter est parti seul en quête de ses racines et des leurs, au terme de préparatifs minutieux.

Et elle, Rahel, que doit-elle chercher ? Elle ne sait même pas si elle doit pleurer Viktor en tant qu'amie ou comme sa fille.

Du côté d'Edith, sa mère Anna était la seule survivante de la famille. La mère d'Anna et ses frères avaient péri lors des raids aériens sur Dresde, le père juriste était mort en captivité chez les Russes. Anna avait tout perdu sauf la vie. Tout ce qui aurait pu témoigner de l'existence de sa famille avait brûlé pendant la nuit de bombardement. Plus tard elle a épousé le premier homme venu parmi le maigre choix qui s'offrait, elle a eu une fille et elle est devenue enseignante.

S'il devait subsister quelque chose du passé bourgeois quasi anéanti de cette famille, ce serait tout au plus un certain « gestus »[1], une haute idée de soi-même qu'Anna manifestait de temps en temps, qu'on attribuait aussi à Edith et que Peter prétend déceler parfois chez Rahel.

Ils n'ont pas assez cherché, ni l'un ni l'autre. Pas posé assez de questions quand ils pouvaient encore le faire. Ils étaient trop accaparés par le changement de système, par la nécessité de réapprendre, d'apprendre tout simplement, de gagner de l'argent, d'élever les enfants, de voyager et de s'occidentaliser, de s'adapter. Puis par le besoin de s'arrêter, de caler, de refuser et de revenir à sa propre pensée, son expérience propre. Mais une fois leurs identités aiguisées et affermies, quand ils ont été

1. Avec la *distanciation*, le *gestus* est un des concepts élaborés par le dramaturge Bertolt Brecht. Il désigne la gestuelle de l'acteur dans sa dimension collective, autrement dit l'attitude d'un personnage envers les autres en tant qu'elle est déterminée par un rapport social.

prêts à poser aux êtres les plus proches les questions les plus naturelles, ceux qui auraient pu répondre étaient morts. Ils sont morts les uns après les autres au début des années deux mille, malgré leurs grandes différences d'âge. Edith n'a survécu à sa mère qu'une toute petite année.

Profitant d'un léger regain de force, Rahel fonce à l'atelier. Elle se dirige droit vers le meuble à dessin, tire le tiroir avec les portraits d'Edith et elle, en sort tout le contenu. Elle ouvre d'autres tiroirs. Referme une main avide sur tout ce qui semble en rapport avec sa vie. Elle balance des feuilles sur la pile – dessins, gravures, esquisses, et met le livre du pèlerin par-dessus.

Ses yeux font le tour de la pièce.

La statue en bois n'a-t-elle pas les traits de sa mère ? Et la fillette sculptée dans la loupe, là-derrière ? N'est-ce pas son visage ?

Rien n'échappe à son regard. Comme si elle venait juste d'apprendre à voir pour de bon.

Elle a envie de tout casser. De gribouiller au crayon rouge sur les dessins délicats avec une joie féroce, de creuser de profondes entailles dans le bois des sculptures.

Si Peter n'était pas arrivé, elle aurait rendu à Viktor la monnaie de sa pièce.

Il l'entraîne dehors dans la cour.

Sa façon de la regarder et d'essayer de l'amadouer la met en colère. Comme si elle était une enfant déboussolée.

« Je vais bien, se défend-elle. Il ne faut pas t'inquiéter. »

Sceptique, il reste à côté d'elle.

« Je suis seulement furieuse, grogne-t-elle, comment Viktor peut-il s'en tirer à si bon compte ?

– Je ne crois pas que c'était simple pour lui. » Il soupire et se triture les mains en parlant. « En tout cas tu n'as pas le droit de t'en prendre à ses travaux, Rahel. »

Elle sent une larme rouler sur ses joues. Elle l'essuie, respire à fond et pense à la migraine qui l'attend si elle se met à pleurer pour de bon.

« Je le sais très bien », répond-elle, butée.

Il lui tend un mouchoir. Elle se mouche et dit : « J'emporte les portraits de ma mère et moi. »

Il lui prend la main et commence à la caresser.

« Non », le rabroue-t-elle, mais elle s'excuse aussitôt.

« C'est bon. »

Elle se sent devenir méchante. Elle aimerait lui faire ravaler son bon sens. Mais sans la pondération de Peter et son regard bienveillant, elle serait perdue à l'heure qu'il est.

Ils se séparent – Peter rentre dans la maison, Rahel retourne à l'atelier. Elle attrape la pile de dessins, ramasse aussi le livre, le tabac et la cigarette à moitié consumée et emporte le tout dans sa chambre à l'étage.

Il fait un tout petit peu plus frais l'après-midi, quand elle part en voiture au village avec Peter. Elle porte une veste légère en tricot et se réjouit d'être la passagère et de ne rien avoir à décider.

Chez le poissonnier, Peter prend des déchets pour la cigogne, de la truite fumée pour Rahel et de l'anguille pour lui. Elle attend dans la voiture, la tête appuyée contre la vitre.

Elle pense : Vous êtes au courant ? Viktor est mort !

Combien de fois a-t-il dû venir ici à vélo, tailler une petite bavette, se renseigner sur les stocks de poissons dans les lacs des alentours et dénigrer les écolos berlinois venus s'installer dans le coin. Il pouvait se montrer affable si l'envie lui en prenait. Et il parlait avec tout le monde. Il ne faisait aucune différence entre haut et bas, riche et pas riche, cultivé ou pas. Il s'en fichait royalement.

Viktor est mort.

Il savait être brutal s'il le fallait. En tout cas il ne prenait pas de gants. Sa conception de l'art était limpide, son jugement parfois lapidaire, car il possédait le savoir et le pouvoir de décision nécessaires pour juger. Jamais il n'aurait commencé son travail quotidien en disant *Je me sens inspiré.* Il aurait ri à gorge déployée d'une personne s'exprimant ainsi.

Viktor est mort.

Il était capable de boire beaucoup et de faire de grands discours, d'aimer très fort, de rire bruyamment et d'offenser les gens. Pas par méchanceté, mais par amour de la liberté. Il appelait un chat un chat et ne disait jamais *pour ainsi dire*.

Viktor est mort. Elle ne savait pas qu'elle serait touchée à ce point.

Peter met les achats sur la banquette arrière et démarre. Il tourne au panneau voie sans issue, roule sur le chemin dallé, monte la petite butte, passe devant le rocher et entre dans la cour.

Elle a le cœur lourd.

La cigogne est devant l'entrée, comme si elle était le nouveau maître des lieux.

Vendredi

Aux petites heures de l'aube le sommeil la submerge.

Quand elle rouvre les yeux, il est presque onze heures. À moitié réveillée elle a cru un instant que tout ça n'était qu'un mauvais rêve. Ce sont les pires moments. Quand les affres du réel surpassent les affres de la nuit.

Peter fait de son mieux. Il n'en dit ni trop ni trop peu. Il se contente d'être là et l'emmène promener le cheval.

En marchant, elle remarque à quel point il ressemble à Viktor. Comme une version adoucie, sans les arêtes vives mais avec la même intransigeance intérieure face à tout ce qu'il ressent comme faux. Ménager la chèvre et le chou n'est pas son truc. Exactement comme Viktor il claque la porte au nez des tartufes et autres saintes-nitouches.

« Fais-moi signe si je dois me taire », dit-il, mais l'écouter lui fait du bien.

Lui aussi est resté éveillé cette nuit. Il a cogité, sur la vie et sur la mort.

« Nous façonnons notre vie et notre personnalité à travers tout ce que nous faisons, nos moindres gestes. Si je ne bouge pas assez, je tombe malade, si je fais du sport, je vais mieux. Si je lis de mauvais livres, la médiocrité agit en moi et hors de moi. Si je lis de bons livres, leur qualité agit en moi et hors de moi. Si je mens, je tords quelque chose en moi. Si je dis la vérité, je le redresse. »

Elle le regarde. « À t'entendre on croirait que notre destin est entre nos mains.

– Non, ce n'est pas ce que je veux dire. Je sais que beaucoup de choses nous échappent. Nous ne sommes pas venus au monde sans aucun préalable. »

Rahel acquiesce. « Un des grands contresens de notre époque : l'idée que chaque être humain peut déterminer qui il est. Que chaque être humain est un petit dieu. Comme si rien n'était fixé. Comme s'il n'y avait pas d'avant. »

Le mot *avant* la ramène à Viktor. Peu importe de quoi ils parlent. Tous les mots ramènent à lui.

Selma appelle en début de soirée.

« Comment vas-tu, maman ? » demande-t-elle avec une inquiétude sincère.

Rahel dit ce qu'on peut dire, minimise, se fait passer

pour plus forte qu'elle n'est. Elle fait ce que font les parents.

Puis, comme s'il s'agissait d'un détail sans importance, Selma mentionne le prochain week-end. Dit que c'est réglé.

« Qu'est-ce qui s'est passé ?

– Eh bien. » Selma renifle et se mouche. « J'ai expliqué la situation à Moritz. J'ai dit que vous ne saviez pas encore ce que vous alliez faire. À quelle date aurait lieu l'enterrement de Viktor, si Ruth aurait besoin d'aide, tout ça. Que je ne savais pas si vous pourriez prendre les enfants.

– Et ?

– Il est vexé. » Sa voix grimpe dans les aigus. « Parce que je n'ai pas créé les conditions pour le voir.

– C'est un narcissique », constate Rahel. « Attitude revendicatrice. Susceptibilité.

– Tu l'as dit.

– Et maintenant ?

– Si vous aviez le temps », dit Selma à mi-voix. « Eh bien… Vince repousserait son week-end avec ses potes… »

Rahel répond sans hésiter : « Faisons comme ça. »

Elle fait le tour complet de la ferme à la recherche de Peter.

Il ne l'entend pas venir. Il a les écouteurs dans les

oreilles et chante dans son anglais rugueux d'Est-Allemand… *and love is not a victory march, it's a cold and it's a broken Hallelujah.*

Il jette des poignées de grain aux poules, entouré d'animaux comme un roi de sa cour. La cigogne, sa fidèle compagne, est devant l'enclos. À côté de lui, N'a-qu'une-oreille. Le tableau est saugrenu. Irréel, comme une image animée de conte pour enfants.

Seule la technologie détonne. Et la voix qui chante mal.

Rahel se retire discrètement pour ne pas l'embarrasser.

Elle va de pièce en pièce sans trouver le repos. Elle n'en peut plus de cet endroit. Une impulsion lui ordonne de partir d'ici. Le plus vite possible. Comme si la vie s'était aussi retirée de ce lieu, comme si Viktor l'avait aspirée à l'instant de sa mort.

Rahel déambule comme dans un rêve, touche des objets, effleure des surfaces poussiéreuses, fouille parmi la collection de centaines de disques vinyles et tombe sur un album photo au milieu d'une des piles de livres dans la salle de séjour.

Dedans, encore une photo d'Edith avec Ruth. Elles sont debout côte à côte au bord du lac, jeunes, en robes longues d'été. Ruth est une beauté lumineuse, mais avec ce halo de froideur qui nimbe toute perfection. Edith aussi est belle, mais on voit la fêlure sur son visage et son attitude est celle d'un être aux aguets.

L'avenir est déjà inscrit en elles.

Samedi

Quand elle aperçoit Ruth, Rahel doit se retenir pour ne pas éclater en sanglots.

Ruth a les cheveux coiffés en chignon comme toujours, les yeux et les lèvres sobrement maquillés, mais l'expression de son visage…

Comme gelée.

Elle embrasse à peine Rahel et Peter, jette un coup d'œil circulaire, pose deux ou trois questions sans être vraiment là. Elle laisse Peter porter ses sacs dans la maison, les chats font cercle autour d'elle mais aucun ne retient son attention. Ses yeux paraissent immenses, grands ouverts. Ses bras fermes et nus sont bronzés, elle porte une longue robe noire.

Rahel se tait.

Peter dit : « Prends le temps de te poser. »

Ruth disparaît dans la chambre qu'elle partageait avec Viktor.

Pendant le déjeuner, auquel Ruth ne touche pas, son regard est sans cesse attiré vers l'atelier. Elle boit un peu d'eau dans son verre du bout des lèvres et leur explique la suite des événements d'une voix bizarrement changée. Quand aura lieu le transfert du corps, comment elle envisage les obsèques. Elle n'a besoin d'aucune aide. Frauke va venir pour quelques jours, ça suffira. Que Rahel et Peter se préparent à des obsèques d'ici une quinzaine de jours. Elle ne sait pas encore s'il y aura assez de lits pour faire dormir tout le monde dans la maison. On peut supposer que beaucoup de gens viendront de loin. Quelques chats rôdent autour de la table, Ruth jette des coups d'œil impatients.

« Où est N'a-qu'une-oreille ? » demande-t-elle.

Peter regarde alentour. « Je ne l'ai pas revu depuis hier.

– C'était son préféré », murmure Ruth.

Après le repas, elle se lève et dit : « Je vous prie de m'excuser. »

Peter part à la recherche du chat.

Rahel se lève d'un bond, débarrasse la table, monte aussitôt dans sa chambre et commence à faire ses bagages. Les dessins vont tout au fond de la valise, par-dessus les vêtements, les livres et tout le reste dont elle n'a plus besoin. Elle fourre la cigarette et le briquet dans son sac à main. Elle range la chambre, passe un coup de serpillière, aère, puis se rend une dernière fois sur leur lieu de baignade où, prise d'un courage soudain, elle nage loin au large, jusqu'au milieu du lac.

Elle fait la planche, ferme les yeux, songe aux derniers instants de Viktor.

S'est-il asphyxié, comme la plupart des gens qui se noient ? Ou bien l'eau salée a-t-elle envahi ses poumons ? Qu'a-t-il pensé ? Était-il encore capable de penser ? Avait-il devant les yeux l'image de Rahel ? Ou Ruth ? Ou Edith ? Ou bien la panique avait-elle effacé toute image et toute pensée ?

Elle se retourne sur le ventre et nage vers la rive. Elle avance par tractions puissantes, s'étend nue sur le sable pour se sécher, cligne des yeux dans le soleil et se réjouit d'être vivante.

Plus tard elle accompagne Peter pour sa dernière promenade avec le cheval. Sa recherche du chat est restée vaine. Il paraît abattu et ne parle guère.

Baila marche tout contre lui, lui donne de temps à autre des bourrades dans l'épaule, comme si elle devinait la séparation imminente.

Ils ne se retrouvent tous les trois qu'à l'heure du dîner, mais personne n'a d'appétit. Ruth les complimente pour les soins apportés au jardin, à la maison et aux animaux. Dit qu'elle a rarement vu cet endroit aussi bien tenu, et retombe aussitôt dans un silence absent.

Des mouches à fruit affluent dans leurs verres de vin,

des guêpes découpent de minuscules fragments dans une tranche de jambon et s'envolent avec leur butin, une araignée se balade en plein milieu de la table.

Encore une nuit, pense Rahel, plus qu'une nuit.

« Je repars à la recherche du chat », dit soudain Peter, il se lève et file.

L'image qu'offre Ruth est à peine supportable. Son gouffre intérieur se cache derrière le masque des apparences, mais sa force d'attraction est telle que Rahel recule un peu sa chaise malgré elle. Et soudain, sans crier gare, elle pose la question.

Elle prononce les mots inouïs du ton le plus neutre possible, et quand elle dit *père*, Ruth la regarde dans les yeux sans ciller.

« Je savais que tu t'en apercevrais tôt au tard », répond-elle.

Le soupçon lui est venu, dit-elle, quand Rahel devait avoir dans les huit ans. C'était au Nouvel An 1979, après une tempête de neige comme ils n'en avaient encore jamais connu, la moitié de la région avait été privée de courant et il avait fallu faire intervenir les blindés pour approvisionner les gens coupés du monde extérieur.

Ce que Ruth raconte ensuite recoupe assez précisément les souvenirs de Rahel.

Viktor a trouvé la fillette frigorifiée derrière un énorme tas de neige dans la cour. Il faisait un froid glacial. Elle était assise près de la sortie de la grotte qu'ils avaient creusée dans la montagne de neige. Edith et

Ruth la croyaient dans une des chambres à l'étage. Aucune des deux n'avait songé à vérifier. Viktor était dans tous ses états. Personne ne savait combien de temps Rahel était restée assise dehors, mais petite, légère et insuffisamment vêtue comme elle l'était, son corps avait dû se refroidir très vite. Elle avait les yeux mi-clos et n'a pas réagi quand Viktor l'a découverte. Il l'a aussitôt prise dans ses bras et emmenée dans la cuisine chaude. Il la tenait serrée contre lui et hurlait contre Edith. Outre la colère, il y avait autre chose sur son visage : de la peur pure et simple.

« Ce soir-là je lui ai carrément posé la question », dit Ruth. Après quelques secondes elle ajoute : « Il a nié. » Elle lève les mains, puis les laisse retomber. « Du reste, tout ça n'était pas si grave. Tu n'as même pas attrapé un rhume.

– Il a nié, répète Rahel. Et tu l'as cru ? »

Ruth hausse les épaules. « J'ai voulu le croire. » Elle soupire. Son regard s'intériorise. Puis elle dit : « Quand Edith est entrée en soins palliatifs, alors qu'on pouvait encore plus ou moins parler avec elle, je l'ai interrogée à son tour. Elle m'a regardée. Elle m'a regardée un très long moment. Et puis elle a dit non et a fermé les yeux. »

Rahel hoche la tête et s'enferme dans un cocon de silence où elle réexamine tout une nouvelle fois. Les questions, les réponses, leur crédibilité. Et juste au moment où elle est prête à en rester là pour aujourd'hui,

Ruth dit : « Il a toujours voulu que la maison soit à toi un jour. C'est peut-être une réponse suffisante. »

Elles se regardent. Il n'y a plus rien entre elles. Les yeux de Ruth sont vidés par le chagrin.

Quand Peter s'approche, elles sont assises côte à côte en silence depuis un long moment, chacune plongée dans ses souvenirs.

La première chose que remarque Rahel, c'est son torse nu. Puis elle voit le petit paquet sur son bras.

« Vous n'allez pas le croire », dit-il en déposant sur une chaise à côté de Ruth ce qu'il a enveloppé dans sa chemise. « Il était derrière le mirabellier. » Il écarte le tissu.

La gueule de N'a-qu'une-oreille est entrouverte. Ses yeux sont mi-clos, son corps est déjà raide.

Un frisson glacé parcourt le dos de Rahel.

Ruth sourit. Elle pose une main sur l'animal mort avec un hochement de tête à peine perceptible.

Dimanche

« Adieu, ma chérie », dit Ruth quand ils montent dans la voiture.

Ils sortent de la cour au pas. Ruth les accompagne à pied jusqu'au rocher. Maître Adebar la suit à bonne distance.

C'est la première fois qu'elle se tient là sans Viktor, elle lève la main pour dire au revoir, fait un petit signe. Derrière elle la cigogne bat des ailes avec tant de vigueur qu'elle se soulève de quelques centimètres au-dessus du sol. Elle vole presque.

Penchée par-dessus le dossier de son siège, Rahel ne cesse de crier : « Au revoir ! Au revoir ! »

Les larmes coulent sur son visage. Elle agite la main comme une possédée et se met à sangloter.

Ruth est droite comme un i. Elle n'a pas la force de sourire une dernière fois.

Le paysage défile comme un tableau impressionniste devant les yeux voilés de larmes de Rahel, et le village est déjà derrière eux quand Peter accélère. Vitres baissées ils filent entre les deux rangées d'arbres, le vent dans les cheveux et le parfum poussiéreux de cette fin d'été dans les narines, et Rahel sort la cigarette de son sac. Le tabac est tellement sec à présent qu'il s'effrite. Peter sourit quand elle l'allume.

Il met le CD de Gundermann, cherche la chanson qu'elle préfère, et quand arrive le refrain elle tourne le bouton pour monter le son.

...immer wieder wächst das Gras
wild und hoch und grün,
bis die Sensen ohne Hass
ihre Kreise ziehn[1].

1. ...toujours l'herbe repousse, /haute et verte et foisonnante,/ jusqu'à ce que les faux sans haine/tracent leurs cercles.

Sources des citations

Page 5 : Tiré de *Versuch über den Menschen. Einführung in eine Philosophie der Kultur (*Essai sur l'homme, introduction à une philosophie de la culture*)* de Ernst Cassirer. Paru en 1990 chez S. Fischer, Frankfurt am Main.

Page 68 : Tiré de *Über den Wolken* (Au-dessus des nuages), musique et paroles de Reinhard Mey. Extrait de l'album *Wie vor Jahr und Tag* paru chez Intercord en 1974.

Page 145 : Tiré de *Traité du rebelle ou le recours aux forêts* (*Der Waldgang*) de Ernst Jünger, traduit par Henri Plard, éd. Bourgois, 1995.

Pages 181, 232 : Tiré de *Hallelujah*, musique et paroles de Leonard Cohen. Paru en 1984 dans l'album *Various Positions* chez Colombia. La reprise de Jeff Buckley a paru en 2007, également chez Columbia, sur l'album *Grace*.

Page 241 : Tiré de *Gras,* musique et paroles de Gerhard Gundermann. Paru en 1992 dans l'album *Einsame Spitze*, chez Buschfunk.

Remerciements

Je voudrais remercier tous ceux qui ont contribué à l'aboutissement de ce livre.

Philippe Keel, mon éditeur, qui a manifesté à nouveau une confiance totale dans mon travail, Ursula Bergenthal, qui en tant que directrice éditoriale m'a encouragée et conseillée, Ruth Geiger, qui a été une interlocutrice fiable sur tous les sujets, et tous les autres collaborateurs chez Diogenes qui ont participé à leur manière à la naissance de ce livre.

Un remerciement particulier à mon éditrice Kati Hertzsch, dont j'apprécie tant la compétence et la joie sincère prise à notre travail en commun.

Je remercie ma famille pour son soutien et mes amis pour m'avoir inspirée.

Et je remercie P. et T. pour les journées passées dans leur maison au bord du lac l'été dernier. C'est là que je me suis assise à mon bureau dans un moment de calme, j'ai regardé longuement par la fenêtre, soudain une idée m'est venue et j'ai écrit les premières phrases de ce roman.

DE LA MÊME AUTRICE

L'AMOUR PAR TEMPS DE CRISE, Albin Michel, 2021.

« LES GRANDES TRADUCTIONS »

(extrait du catalogue)

VIOLA ARDONE
Le Train des enfants
Le Choix
traduits de l'italien par Laura Brignon

ELIAS CANETTI
Histoire d'une jeunesse, la langue sauvée, 1905-1921
Les Années anglaises
traduits de l'allemand par Bernard Kreiss
Le Flambeau dans l'oreille, histoire d'une vie, 1921-1931
traduit de l'allemand par Michel-François Démet
Jeux de regard, histoire d'une vie, 1931-1937
traduit de l'allemand par Walter Weideli
Le Livre contre la mort
traduit de l'allemand par Bernard Kreiss

VEZA ET ELIAS CANETTI
Lettres à Georges
traduit de l'allemand par Claire de Oliveira

ELIAS CANETTI ET MARIE-LOUISE MOTESIZKI
Amants sans adresse, correspondance 1942-1992
traduit de l'allemand par Nicole Taubes

DANIEL DEFOE
Robinson Crusoé
traduit de l'anglais par Françoise du Sorbier

DAVIDE ENIA
Sur cette terre comme au ciel
La Loi de la mer
traduits de l'italien par Françoise Brun

JOÃO GUIMARÃES ROSA
Diadorim
traduit du portugais (Brésil) par Maryvonne Lapouge-Pettorelli
Sagarana
Mon oncle le jaguar
traduits du portugais (Brésil) par Jacques Thiériot

DANA GRIGORCEA
La Dame au petit chien arabe
traduit de l'allemand par Dominique Autrand

MONIKA HELFER
Héritages
traduit de l'allemand par Dominique Autrand

GEORG HERMANN
Henriette Jacoby
traduit de l'allemand par Serge Niémetz

JUDITH HERMANN
Maison d'été, plus tard
Rien que des fantômes
Alice
Au début de l'amour
Certains souvenirs
traduits de l'allemand par Dominique Autrand

YASUNARI KAWABATA
Récits de la paume de la main
traduit du japonais par Anne Bayard-Sakai et Cécile Sakai
La Beauté, tôt vouée à se défaire
traduit du japonais par Liana Rossi
Les Pissenlits
traduit du japonais par Hélène Morita
Première neige sur le mont Fuji
traduit du japonais par Cécile Sakai

YASUNARI KAWABATA ET YUKIO MISHIMA
Correspondance
traduit du japonais par Dominique Palmé

GUYLA KRÚDY
L'Affaire Eszter Solymosi
traduit du hongrois par Catherine Fay

OTTO DOV KULKA
Paysages de la métropole de la mort
traduit de l'anglais par Pierre-Emmanuel Dauzat

IAKOVOS KAMBANELLIS
Mauthausen
traduit du grec par Solange Festal-Livanis

MICHAEL KUMPFMÜLLER
La Splendeur de la vie
traduit de l'allemand par Bernard Kreiss

DORIS LESSING
Le Carnet d'or
Les Enfants de la violence
traduits de l'anglais par Marianne Véron
Journal d'une voisine
traduit de l'anglais par Marianne Fabre
Si vieillesse pouvait
traduit de l'anglais par Natalie Zimmermann

PRIMO LEVI
Le Système périodique
traduit de l'italien par André Maugé
Auschwitz, ville tranquille
textes présentés par René de Ceccatty

THOMAS MANN
Les Confessions du chevalier d'industrie Felix Krull
Dr Faustus
traduits de l'allemand par Louise Servicen

SÁNDOR MÁRAI
Les Braises
traduit du hongrois par Marcelle et Georges Régnier
L'Héritage d'Esther
Divorce à Buda
Un chien de caractère
Mémoires de Hongrie
Métamorphoses d'un mariage
Le Miracle de San Gennaro
traduits du hongrois par Georges Kassai et Zéno Bianu
Libération
Le Premier Amour
L'Étrangère
La Sœur
Les Étrangers
Les Mouettes
Ce que j'ai voulu taire
La Nuit du bûcher
Dernier jour à Budapest
traduits du hongrois par Catherine Fay

ROSELLA POSTORINO
La Goûteuse d'Hitler
traduit de l'italien par Dominique Vittoz

CHRISTOPH RANSMAYR
La Montagne volante
Le Syndrome de Kitahara
Atlas d'un homme inquiet
Cox ou la course du temps
traduits de l'allemand par Bernard Kreiss

MORDECAI RICHLER
Le Monde de Barney
traduit de l'anglais (Canada) par Bernard Cohen

RAFFAELLA ROMAGNOLO
Bella Ciao
traduit de l'italien par Françoise Brun

PAOLO SORRENTINO
Ils ont tous raison
traduit de l'italien par Françoise Brun

MADELEINE ST JOHN
Les Petites Robes Noires
traduit de l'anglais (Australie) par Sabine Porte
Ruptures et conséquences
Traduit de l'anglais (Australie) par Anouk Neuhoff

ARTHUR SCHNITZLER
Gloire tardive
traduit de l'allemand par Bernard Kreiss

ALEX SCHULMAN
Les Survivants
traduit du suédois par Anna Karila

SOPHIE TOLSTOÏ
À qui la faute ? Réponse à Léon Tolstoï
traduit du russe par Christine Zeytounian-Beloüs

F.X. TOOLE
Coup pour coup
traduit de l'anglais (États-Unis) par Bernard Cohen

NICK TOSCHES
La Main de Dante
Le Roi des Juifs
traduits de l'anglais (États-Unis) par François Lasquin
Moi et le diable
traduit de l'anglais par Héloïse Esquié

DUBRAVKA UGRESIC
Le Ministère de la douleur
traduit du serbo-croate par Janine Matillon

ERICO VERISSIMO
Le Temps et le Vent
Le Portrait de Rodrigo Cambará
traduits du portugais (Brésil) par André Rougon

Retrouvez toute l'actualité des éditions Albin Michel
sur notre site albin-michel.fr
et suivez-nous sur les réseaux sociaux !
Instagram : editionsalbinmichel
Facebook : Éditions Albin Michel
Twitter : AlbinMichel

Composition : IGS-CP
Impression : CPI Firmin-Didot en février 2023
Éditions Albin Michel
22, rue Huyghens, 75014 Paris
www.albin-michel.fr
ISBN : 978-2-226-47399-8
N° d'édition : 24970/01 – N° d'impression : 173620
Dépôt légal : mars 2023
Imprimé en France